我喜歡人生快活的樣子

蔡瀾——著

蔡瀾自述履歷

蔡瀾，一九四一年八月十八日出生於新加坡，父副職電影發行及宣傳，正職為詩人、書法家，九十歲時在生日那天逝世。母親小學校長，已退休，每日吃燕窩喝XO干邑，九十歲了，皮膚比兒女們白皙。

姐蔡亮，為新加坡著名學府南洋女中的校長，其夫亦為中學校長，皆退休。兄蔡丹，追隨父業，數年前逝世。弟蔡萱，為新加坡電視的高級監製，亦退休，只有蔡瀾未退休。

妻張瓊文，亦為電影監製，已退休，結婚數十年，相敬如賓。

蔡瀾從小愛看電影，當年新加坡分華校和英校，各不教對方語言。為求聽得懂電影對白，蔡瀾上午念中文，下午讀英文。

父親影響下，看書甚多，中學時已嘗試寫影評及散文，曾記錄各國之導演、監製及演員表，洋洋數十冊。資料甚為豐富，被聘請為報紙電影版副刊編輯，所賺稿費用於與同學上夜總會，夜夜笙歌。

十八歲留學日本，就讀日本大學藝術學部電影科編導系，半工半讀，得邵逸夫爵士厚愛，指令他當邵氏公司駐日本經理，購買日本片到香港放映，又以影評家身分參加多屆亞洲影展，擔任評審員。當年邵氏電影越拍越多，蔡瀾當監製，用香港明星，在日本拍攝港產片。後被派去韓國、臺灣等地當監製，間中背包旅行，流浪多國，增廣學識。

文懷先生自組嘉禾後，蔡瀾被調返香港，接他擔任製片經理一職，參與多部電影的製作，一晃二十年。

邵氏破產後，蔡瀾重投舊上司何冠昌先生，為嘉禾之電影製作部副總裁，間中與日本電影公司拍過多部合作片。成龍在海外拍的戲，多由蔡瀾監製，成龍電影一拍一年，蔡瀾長時間住過西班牙、南斯拉夫、泰國和澳洲，又是一晃二十年。

發現電影為團隊製作，少有突出個人的例子。又在商業與藝術間徘徊，令蔡瀾逐漸感到無味，還是拿起筆桿子，在不費一分的紙上寫稿，思想獨立。

《東方日報》的龍門陣、《明報》的副刊上，皆有蔡瀾的專欄，《壹週刊》創刊後，蔡瀾每週兩篇，一為雜文，一為食評。也從第一天開始在《蘋果日報》寫專欄至今。

寫食評的原因在於老父來港，飲茶找不到座位。又遭侍者的無禮，乃發憤圖強，專寫有關食物的文章，漸與飲食界搭上關係。

數年前，紅磡黃埔邀請蔡瀾開一美食坊，一共有十二家餐廳，得到食客支持，帶旺附近，新開了三十多家菜館。

閒時（空閒時），蔡瀾愛書法，學篆刻，得到名家馮康侯老師的指點，略有自己的風格，西洋畫中，又曾經結識國際著名的丁雄泉先生，亦師亦友，教導使用顏色的道理，成為丁雄泉先生的徒子徒孫，愛畫領帶，以及在旅行皮箱上作畫。

蔡瀾交遊甚廣，最崇拜金庸先生，有幸成為他的好友之一。

數年前去澳門，有一舉辦國際料理學院的計劃，與日本的烹飪大學合作，但未成功，卻愛上澳門的優閒生活，開始在當地置業。

澳門蔡瀾美食城籌備多時，終於在二〇〇五年八月四日開業。

以上所記，皆為一時回憶，毫無檔案資料支持。學校文憑，因長久不曾使用，亦失蹤跡，其中年份日期也算不清楚。蔡瀾對所做過的事，負責就是。

蔡瀾自述履歷 003

1 人生的意義，在於一天比一天活得快樂

人生幾何，要酬生平之不足也 018
人生的意義，在於一天比一天活得快樂 019
沏茶和飲茶的最高境界是自然 022
簡單才是茶道，人生也是如此 026
像人生每一個階段都糅合在一起，才是茶 028
小小的安穩也是一種幸福 029
發上等願，結中等緣，享下等福 031
優越的生活不是人人都有 032
罵我老派好了，我還是愛經典 034
喊窮的人都不是真的窮 036
北京潘家園舊貨市場 037
做一個饞吃饞知識的人 039

目錄
CONTENTS

招財貓只是裝飾，要致富還得勤勞 040
名與利，不是我們的主人 042
每一種花都是一種美好 043
抽了幾十年的菸，就像交了幾十年的朋友 045
那些我們不懂卻理所當然的道理 047
好詩好詞，配好酒好茶 049
簡易詩詞易受人們喜愛 051
為了吃肉，做不成和尚了 052
不和思想消極的人玩 054
思想配額儲蓄越多，越精彩 056
回顧此生短且暫，慰藉不平唯欲望 060
最不能接受的是假東西 061
精彩地活過，比什麼都重要 063
不斷自我增值，才是最終的道理 064
大家有錢都玩去，天下太平 066
煩惱出自我們的貪婪 067

凡是身外物，都不重要 069
悠閒可以偷，問題在於你懂不懂得去偷 070
窮開心，總比有錢了不開心的好 072
忙就忙吧，苦就苦吧，享受之 074
一切都是最好的安排 075
沒有什麼了不起 077
我醉欲眠君且去，是人生最高境界 079

2 想做什麼就做什麼，快快樂樂

好酒的定義，就是又好喝又便宜 082
酒除了味道，還需要一份豪氣 083
每一個飲者都有一個美夢 085
好一個「喝到死為止」，乾了 086
願你我，都做喝酒的人 088
請自己喜歡的花喝酒 090

目錄
CONTENTS

借醉裝瘋也是件樂事 091
男人和婚姻一樣，都是那麼無聊 093
男人和女人各自不可抗拒的魅力 094
男人的缺點既可惡又可愛 098
給女人的關於男人的十二條忠告 099
有趣的女人最可愛 101
娶一個有錢老婆，你失去的會比得到的多 102
活得不快樂，長壽有什麼意思 104
別老是講而不去做 105
想做什麼就做什麼，快快樂樂 107
要做什麼就要做得最好 108
沒有價值的東西，才是最好玩的 110
貓的可愛處最多 112
不管什麼貓，小時候總是美麗的 113
每天都要吸收貓能量 115
愛一個人和愛花一樣，你會犧牲一切 118

我的宗旨，總是敬老 120
可以疏狂，但不要傷害他人 121
以禮待人是做人的基本條件 123
待人接物不以自我為中心 125
人與人之間互相尊敬，是最基本的事 127
每個人都要懂得尊重別人 128
不可為之事，便不必為 130
樂觀的人，運氣會更好 132
做人，要隨時隨地相信自己有好運 133
逛花墟永遠那麼快樂 135
聽蟬太吵，吃蟬快樂 136
不偶爾偷懶一下，活著幹什麼 138
不妨把優柔寡斷當成樂趣 140
什麼都不吃的人也可愛 141
難吃的東西吃得多了，就容易看出菜好不好吃 143
交稿，令自己更年輕了 144

目錄
CONTENTS

停下來發一陣呆吧 146

3

心態好，即使年老也覺得年輕

人生下來，就是一場漫長的旅行 150
人生最大的重量在於自己缺乏信心 151
生命長短不可控，生命品質卻可提高 152
身體健康之前，精神要先健康 154
別把生命浪費在無聊的人身上 156
世間很難有「永遠」這兩個字 157
觀賞豐子愷的畫，有益身心 159
那是我一生最美好的年代 161
忘記一切，開始原諒 164
看報是一種生活習慣，與時代無關 166
買菜也是一種藝術 167
只有錢這個兒子，最孝順最聽話 169

存貨越多，心境越平靜 171
每天勤奮練習，怎會不進步 173
永遠保持正宗，是唯一生存之道 174
心態好，即使年老也覺得年輕 176
總有辦法可以克服沮喪和痛苦 178
鹹酸甜，日日是好日 181
「壓力」是心態，不是藉口 184
默默耕耘，名利自然可以得到 185
成就不在於外在物質，而在於內心的滿足感 187
論做事的積極態度，我比許多人強 188
與樸實的人溝通，令思想得到平衡 190
最重要的還是先對得起自己 191
送同好東西，自己也快樂 193
既要有正業，也要有副業 195
要整容，不如先整心 196
別人不贊同，哪管得了那麼多 198

目錄
CONTENTS

有天才與否不要緊，總要有個「真」字 200
聽人講話，是一門很深奧的藝術 201
人要對自己好一點，才有愛心去對人 203
容納不同的觀點，有趣得多 205
花開花落是尋常，何必認真 206

4 一切看開、放下，人生便豁達開朗

我只想做一個人 210
一生做人，愛恨喜惡分明 213
我們做人，總是忘記自己年輕過 215
做人總會出錯，改過重來就好 216
做人要懂得花錢 218
做人，需要自己的空間和自由 219
度過不平凡的青春，才有資格做普通人 221
從年輕開始，我一直休而退，退而休 222
看人也是一門學問 223

活下去，就得活得一天比一天更好 225
讓我們活得一天比一天更好的學校 228
玩物並不喪志，養志還能賺錢 230
人生最大的投資，莫過於培養本行之外的興趣 232
時間，對我來講是人生最重要的事 233
等確定什麼是「最」好，你已經是「最」老 235
老，也要老得莊嚴、乾淨、清香 237
老要老得有尊嚴，老要老得乾乾淨淨 239
我已經把死亡也超越了 240
對一切身外之物，都要想得開 242
一切看開、放下，人生便豁達開朗 244
想開了，就能做到視死如歸 245
自己能做的事，還是不求人好 249
共同學習，便是同學 251
當人生進入另一個階段，溫和是一個很好的選擇 252
手寫情書是一種雅趣 254
走過許多地方，還是香港好 256

目錄

CONTENTS

什麼都不喜歡，做任何事都會心煩 257
向苦悶報復，是人生一大樂事 259
餘生已晚，你們努力吧 261
交友之道，在於互相原諒對方 263
我年輕，你老 264

附錄／蔡瀾眼中的名人與朋友

金庸的記憶力 268
古龍和吃 269
古龍與酒，與風塵女子 271
蔡志忠 272
沈宏非 274
村上春樹 276
成龍 277
黑澤明 285

1

人生的意義，
在於一天比一天活得快樂

Live a cheerful life

今天活得比昨天高興、快樂，

明天又要活得比今天高興、快樂。

人生幾何，要酬生平之不足也

年輕時，又高又瘦，大家都為我擔心，要強迫我喝「肥仔水」。交了個女朋友，也是又高又瘦，一頭直長的頭髮。我們兩人在一起，朋友笑稱：「一枝竹竿和一把拂塵。」

時光蹉跎，發起中年福來，漸漸肥胖，成為被取笑的對象，我毫不在乎，反而先自嘲。

偶爾有裸體示人的機會，也不覺羞恥。這就是我的身體，我某一個時期的形態。它追隨著我爬過高山，渡過大海。在烈日下煎熬，嚴寒中熬夜，它是一副值得驕傲的軀殼，不得虧待。

珍芳達和三島由紀夫拚了老命，想把人類肉體保留在接近巔峰的狀態，我認為是不必要的。適當的運動倒要實行，但我是個懶人，除了墊上運動以外，對籃球、足球、網球、羽毛球都不感興趣。所以，只有放任地由這個軀殼浮腫下去。

難看死人，有人說。但是美醜只是一個觀念，是別人強迫你接受的觀念。隨著歲月衰老倒是必然的，皮膚的鬆弛、皺紋的增加，你我都改變不了。從前叫我喝肥仔水的人，現在要我吞減肥丸。

唉，繼續暴飲暴食吧。友人說：「人生幾何，要酬生平之不足也。」

人生的意義，在於一天比一天活得快樂

我不相信有鬼魂這件事。

人死了，如有靈魂的話，也會很快飛走。過個數小時，便無影無蹤了吧。

科學家把人體過磅，說人死了之後會減輕幾兩。也許真有靈魂存在，但是如果不消失的話，那麼空中擠滿了，不是一件好玩的事。

寫鬼故事，主要是愛讀《聊齋》，喜歡上那股悽豔的味道，至於青面獠牙的嚇人玩意兒，我倒沒有興趣，留給好萊塢拍恐怖片去。

在寫鬼故事的過程中，起初有許多題材很順利地入手。寫了幾篇之後，就感到吃力了，趕緊重讀《聊齋》，看看可不可以。

抄襲一些情節，但是書上只是生動地描述人物，對於故事的結構，有時拖泥帶水，有時有頭無尾，現代人讀了滿足感不夠。

我認為鬼故事有一個意外的結尾比較好看，苦苦思之，每每想不出來。

到了晚上，坐在書桌前，一小時一小時過去，一夜一夜過去，隻字不出。

這時，我才怕了起來。是不是被鬼迷住，就是這種結果？

所以，我馬上停下來，不寫了，因為已經不好玩了嘛。

前前後後，寫了二十多篇，有四萬多字，可以出一本單行本，夠了。一般的書要八萬字左右，但是我怎麼也不能繼續寫下去了。

投機取巧，和「一出版」的主編周淑屏商量：四萬字行不行？

她說：用紙用得厚一點，勉強可以，又加上蘇美璐的插圖，應該沒有問題。

書至此，郵差送來遠方的來信，打開一看，是林大洋寫的：

……我讀了你把我當主角寫的鬼故事，好玩得很。你說得對，有時鬼比人還要有趣。

我現在住在斯里蘭卡這個小島上，天天對著藍天和海鷗，一點也不感到寂寞。

在這裡，我認識了《2001：太空漫遊》的作者亞瑟．克拉克。

他的本行是作家，也是一個科學家，人造衛星的原意，是他創造出來的。現在他在這裡定居。

我們做了好朋友，每晚聊人生的意義，他的出發點是以科學來見證。我則是用空虛的靈學、道家、佛教和禪宗的說法去了解。兩人談得很愉快，互相發現對方的世界和生活方式雖然不同，但結論是一樣的。

但是，我們怎麼談還是談不出一個人生意義的道理來。

你也曾經問過我同樣的問題，我試過解答，不過我知道你是聽不懂的。現在，我用更簡單直接的方式來解釋人生的意義吧。

亞瑟．克拉克和我都贊同，如果沒有學識，居住在深山中的印度人，日出而作，日落而息，也是一種很好的人生。我也曾經告訴過你，我住在印度山上時，當地的一個農婦每天給我做菜，吃的盡是雞和鳩之類的山禽，我吃煩了，對她說：「燒魚給我吃吧！」

「什麼是魚？」她問。

我畫了一尾魚給她看，說：「這就是魚，天下美味，你沒吃過，實在可惜。」

她回答說：「我沒吃過，有什麼可惜？」

當時我被她當頭的那麼一棍打醒了。我把這故事也說給亞瑟聽。

亞瑟說：「這我也能理解，但是人類由猿猴進化時，學會在殘屍中找到了一根骨頭來敲擊，這是求知欲的開始，有了求知欲，便得不到安寧，永遠要追求下去。」

「人生識字憂患始，中國人也有這麼一個說法。」我對亞瑟說，他點頭理解。

我們生活在這個文明的世界，接觸了學識，已經不能停留在一個階段中。你也曾經寫過金庸先生說：要多看書，書讀多了，人生自然會昇華，層次更高。

這句話一點也不錯，我一生中，一有機會就讀書。但是書讀多了容易成書呆子，最好的辦法就是旅行了。在旅途中，我向種種人學習，不管他們的文化程度比我們高還是低，都有學習的地方。

現在，我老了。亞瑟也說他老了，我每天還在雕刻佛像，亞瑟發表了新書《3001：太空漫遊》，我們都不停地創作，創作才有生命。

但是，創作了又如何？為名？為利？創作是為自己呀！我這麼對自己說，也說服不了自己。為自己？又如何？

最後，亞瑟和我都基本上同意了一點，那就是要把生活的品質提高，今天活得比昨天高興、快樂，明天又要活得比今天高興、快樂。

僅此而已。

這就是人生的意義、活下去的真諦。

只要有這個信念，大家都會從痛苦和貧困中掙扎出來，一點也不難。

沏茶和飲茶的最高境界是自然

要出遠門，當然要準備好茶葉，至於要不要帶個茶盅，猶豫了一陣子。

「拿個藍花米通（江西景德鎮出產的瓷器名稱，有茶具也有碗具）去吧。」茶葉舖的老板陳先生說，「這種茶盅隨時可以買到，打破了也不可惜。」

對慣於旅行的人，行李中的每一件物品都計算過，判斷是必需，方攜之。沏茶總不會是個問題吧？最後決定，還是放棄了茶盅。

這一來可好，往後的一些日子，這個決定帶來許多麻煩，但也有無盡的樂趣。

到達墨西哥，第一件事便是找滾水。我的天，當地人是不用的。他們根本就不喜歡喝茶，只愛喝咖啡。咖啡並非沖的而是煮的，一鍋鍋地泡製，便沒有多餘的熱水了。

滾水的西班牙語是「Agua Caricante」，「水熱」的意思。拚命向人家要「水熱」「水熱」，他們不知道我要「水熱」幹什麼，結果也依了我，跑到廚房去生火，他們沒有水壺或水煲（煮水壺），用個煮湯的鍋子，把水煮沸了交給我。

拿到房間把茶葉撒進去，根本談不上沏茶，簡直是煮茶，真是暴殄天物。

對著這鍋茶怎麼辦？也不能把嘴靠近鍋邊喝，燙死人，只有倒入水杯。「嘣」的一聲，玻璃杯破了，差點把手割傷。

第二天忍不住去買了個原始型電水壺，此種簡單的電器，墨西哥賣得真貴，三百六十港幣。有了電水壺沒有茶壺又怎麼辦？這次不敢直接沖滾水入玻璃杯，但也不能將茶葉扔進電水壺裡呀！

想了半天，有了，從行李中拿出一個小熱水瓶來，這是我出外景必備的工具。因為有一次在冰天雪地的韓國雪嶽山中，梳妝師傅細彭姑爬上雪山時還帶著個熱水瓶，我嫌她累贅，想不到拍到一半，快凍僵時，她從熱水瓶中倒出一杯鐵觀音來給我，令我感動不已。從此之後，我向她學習，每到外景地前先沏好一壺茶，讓最勤力的工作人員欣賞欣賞。

把茶葉放進熱水瓶，再將滾水倒進去，用牙刷柄隔茶葉，第一泡倒掉，再次注入熱水。沏出來的茶很濃，好在用的是普洱，要是鐵觀音就太苦澀了。

飲用時倒進杯中，茶葉渣跟著衝出來，半杯茶半杯葉，也只有閉著眼睛喝了。

演員跟著來到，先是黎明把我的電熱水壺借去泡公仔麵。還給我時，葉玉卿又來拿去。這一借，不回頭，我也不好意思為了一個小熱水壺和人家翻臉，算了，另想辦法。

走過一家手工藝品商店，哈哈，給我找到了一個茶壺，上面畫著古印第安人抽象的花，很是悅目，即刻買下來。

再到超級市場去進貨，想多買一個熱水壺，但是被香港來的工作人員一下子買光。小鎮上，再也難找。

索性全副武裝，購入一個電爐，再買個鐵底瓷面的鍋子，一方面可以煮水，一方面又能煮食。

回到小房間，卻找不到插蘇頭（粵語俚語，指插頭）：燈是壁燈，電風扇掛在天花板上，只有洗手間中那個插電鬚刨子（刮鬍刀）的能夠勉強使用。

水快沸，心中大樂，這次只許成功不許失敗，把茶葉裝入茶壺，注入滾水。

準備好茶杯，倒茶進去，又是一杯半杯茶葉半杯水的茶。原來買的是咖啡壺而不是茶壺，注水口大，沒有東西隔著，所以有此現象。

經過幾番折騰，後悔當初沒把那個茶盅帶來，中國人發明的茶盅實在簡單方便實用，到現在才知道它的好處。

終於，在五金舖中指手畫腳，硬要他們賣給我一小方塊鐵紗，店員乾脆說：「不要錢，送給你。」

老大歡喜地把那片鐵紗拿回酒店，貼在咖啡壺內注水口上，這一來，才真正享受到一杯好茶。

在沒有喝茶習慣的國家，我遭了好些罪。上次在西班牙，向他們要滾水的時候，他們把有氣的礦泉水煮給我，泡出來的茶有股阿摩尼亞味，恐怖至極。

之後，我不要求什麼鐵觀音、普洱，只要有立頓黃色茶包已很滿足。沒有滾水？好，要杯咖啡，再把三個茶包扔進去浸，來杯鴛鴦算了。

我們這次的外景，最大的享受是回到旅館，每個人都把他們的臨時泡茶工具拿出來，你沏一杯，我沏一杯，什麼茶都不要緊，只要不是咖啡就行。喝入口，比陳年白蘭地更加美味。

日本的茶道，那不過是依足陸羽的《茶經》去做，很多人罵他們只注重儀式，但也是悠閒生活的一個方面呀！臺灣人沖工夫茶更是越來越繁複，先用一支竹夾子把小茶盅中的茶葉夾出來，再來個小竹筒盛新茶裝入，沏後倒入一大杯，再注入幾杯，把空杯聞了一聞，再喝茶。說什麼這才是真正的茶道，他們看輕日本和香港的喝茶方式，認為臺灣產的凍頂烏龍，才真正叫作茶。

茶，要是一定那麼喝，已失去茶的意思。

茶，是用來解渴的，用什麼方式，都不應該介意和歧視。在沒有任何沏茶工具的情況下做出來的茶，才能進入最高的境界。

簡單才是茶道，人生也是如此

什麼是喝茶的精神？

臺灣人，發明出所謂的「中國茶道」來，最令人討厭了。

茶壺、茶杯之外還來一個「聞杯」。把茶倒在裡面，一定要強迫你來聞一聞。你聞、我聞、阿貓阿狗聞。聞的時候禁不住噴幾口氣，那個聞杯有多少細菌、有多髒，你知道不知道？

現在，連中國也把這一套學去，到處看到茶館中有少女表演。

固定的手勢還不算，口中念念有詞，說來說去都是一泡什麼、二泡什麼、三泡什麼的陳詞濫調。好好一個女子，變成俗不可耐的丫頭。

臺灣茶道哪兒來的？臺灣被日本殖民統治了五十年，日本人有些什麼，臺灣就想要有些什麼；蘿蔔頭有日本茶道，臺灣就要有中國茶道。把不必要的動作硬加在一起，就是中國茶道了，令人笑掉大牙。

真正最早的中國茶道，的確就是日本那一套。他們完全將陸羽的《茶經》搬了過去。不過我們嫌煩，將它優化簡化，日本人還是保留罷了。現在臺灣人又從那兒學回來。

唉，羞死人也。

如果要有茶道，也只止於像潮州工夫茶或文人茶那樣。別以為有什麼繁複的細節，其實只是把茶的味道完全泡出來的基本功罷了。

一些喝茶喝得走火入魔的人，用一個鐘（粵語，一小時）計算茶葉應該泡多少分多少秒，這也違反了喝茶的精神。

什麼是喝茶的精神？何謂茶道？答案很清楚，舒服就是。

茶應該是輕輕鬆鬆之下請客或自用的。你習慣了怎麼泡，就怎麼泡；想怎麼喝，就怎麼喝。不管三七二十一。

純樸自然，一個「真」字就跑出來了。

真情流露，就有禪味。有禪味，道即生。

喝茶，就是這麼簡單。簡單，就是道。

像人生每一個階段都糅合在一起，才是茶

陸羽寫《茶經》，我常聽人說日本還是保留書中所述傳統，中國人自己卻完全遺忘，實在是可惜的事。

我有另一套見解：太過繁複的細節，並非一般人能夠接受，喝茶本是日常生活的一部分，理應隨意。一隨意，禪味即生，才是真正的茶道。

沏茶的功夫，我只限於潮州式，再複雜，我絕對不肯做。

日本有了茶道，本來是中國的東西，給他們搶去，我們非弄出自己的茶道來不可。所以被日本殖民統治過五十年的臺灣人心有不甘，自創出所謂的臺灣工夫茶來。

他們喝茶，先要倒入一個叫作「公道杯」的容器，再分別注入小杯。第一杯當然不喝，倒掉之後，主人強迫你把杯子拿去聞聞，大家只好把鼻子湊近杯口大力吸氣，這是多麼骯髒的行為！

茶要喝熱，倒進公道杯中再分，已瀉掉一半，這又是什麼鬼道理呢？

好了，日本人用像刷子一般的東西把茶打起了泡沫，我們沒有那些道具怎麼和日本人比？臺灣人就弄了茶匙、茶則、茶夾、茶匠、茶荷、廢水缸等道具出來。造作得要命，俗氣沖天，我越看越討厭。想不到這一套，中國大陸人也吃，當今到處模仿，還說是自己創立的茶道，令人嘆氣

搖頭。

臺灣的茶賣得比金子還貴，加上凍頂、翠玉、阿里山金萱、杉林溪高山茶等名堂，嫌老祖宗的福建茶是次品。

這些貴茶我也一一喝過，當然是人家請的，我才不會笨到去購買。只有一個結論：就是一味求香，絕無體感可言。採新茶的香、舊茶的色、中間茶的味，像人生每一個階段都糅合在一起，這才是茶。

小小的安穩也是一種幸福

「現在兩個子女都長大了吧？」我問桂治洪（電影導演）。

他說：「兒子念電影，剛剛畢業。」

當年桂治洪和我同住邵氏宿舍惇厚樓，記得他那七八歲的兒子翹著嘴，時常跑到我家，坐下來就大發脾氣，扮成武松的樣子，說要把那個賤人殺了，我們都叫他「憤怒兒童」。

屈指一算，應該早就讀完了大學的呀。

治洪見我沒出聲，解釋道：「他是相信美國的讀書方法的，結了婚，生了孩子，再去上大學，讀七八年，我就不贊同。」

「一種米養百種人。」我安慰道。

他點點頭，老朋友的話是聽得進去的。

「女兒呢？」我又問。

「也結了婚，生了兒女，」他說，「我買了一棟房子，好大，前後花園，有四間房，我們住在一起，每個星期天抱抱外孫女，也是一樂。」

「嫁的是洋人？」

「不，」他說，「嫁給一個越南華僑。」

「做什麼的？」

「LAPD。」他說，「洛杉磯警察，電視上也以他們拍了一個影集。」

「你呢？」我關心道，「不找個伴？」

「洋人說『stay single, be happy』。單身人，快樂點，多好！」

他笑了。

桂治洪明天一早又要出發了，說要回船上睡。他乘豪華客輪到處遊玩，已上了癮，每年總要坐一次到世界各國去，船上吃船上住，乾淨得很。

把兒女撫養長大，自己又有一家收入穩定的義大利薄餅店，閒時弄孫，桂治洪嘆氣說自己做人沒什麼成績，但這不是成績是什麼？比起拍賣座得獎的電影但又不安的人生，滿足矣。

看著他的背影，我深深祝福。

發上等願，結中等緣，享下等福

馮康侯老師雖然逝世，老人家寫給我的一幅字，卻一直陪伴著我。

跟隨老師的那幾年，令我對很多事情的價值觀念有所改變，也讓我明白了純樸、恬淡是什麼東西，享用不盡。

對人生附屬的許多煩惱，老師教導我們如何去摒棄。我們在老師處學到的不單是書法和篆刻，還有如何心平氣和地活下去。

老師寫給我的對子，我將之以深藍色的緞為襯底接起來。老師說過：「這顏色沒有什麼人敢用，但是看起來很穩重，很大方，很悅目。」

對子以篆書：

發上等願　結中等緣　享下等福
擇高處坐　就平處立　向寬處行

上款題了：「蔡瀾老隸台喜書畫，耽篆刻，隨余問字，刀筆樸茂，尤近封泥，前途拭目以待，勉之勉之。」這幾句話鼓勵著我。

朋友問：「下等福有什麼好享的？」

我微笑不語。

優越的生活不是人人都有

小時候過野孩子的日子，四處跑，溪中抓生仔魚，叢林裡捕捉打架蜘蛛，想像不出住在大廈公寓的兒童過什麼生活。

偶爾跌傷，也不哭。父親到花圃中找一種叫落地生根的植物，採些葉子舂碎後往傷口處燙，隔天痊癒。

周圍長著野櫻桃樹，是種熱帶植物，能結出很小顆的果實，包裹無數的小種子。結的時候呈綠色，很硬，可以採下來，做管木槍，用橡皮圈綁住，以果實當子彈，一彈飛出，鄰居的馬來兒童呱呱大叫。

熟的時候，野櫻桃由粉紅轉成豔紅，摘了攏入嘴中，香甜無比，是最大的享受。

父親說：「這種樹是印度傳來的。」

「有人帶到這裡種的嗎？」我好奇。

「不，不，」父親說，「鳥兒吃了，腸裡還有些種子，就撒播了。」

長大後到印度，一直找野櫻桃樹，看不到，不知是父親道聽塗說，還是我去過的地區不適宜種此種樹。後來旅行到南部的金奈，才看到漫山遍野的野櫻桃。

廚房是我最喜歡的地方，想幫手，都給母親和大姐趕了出來，只有奶媽在做菜的時候，才一樣樣教我。奶媽最拿手的是炸豬肉片、醃鹹蟹、粉果和芋泥，偷偷地學了幾道，但後來也沒做好。

家中還養了幾隻雞，滿地亂跑，到了晚上用一個竹織的籠子，像把反轉的陽傘，把雞蓋在裡面，以防黃鼠狼來咬死牠們。客人一到，就殺雞，奶媽抓了一隻，把雞頸反轉，拔下細毛，用力就那麼一鋸，血噴了出來，看得大樂。

做電視飲食節目，在澳洲宰殺龍蝦，一刀斬下牠的頭，一位港姐看完即刻哭了出來，才知道住在公寓的小孩過的是怎樣的生活。

罵我老派好了，我還是愛經典

什麼叫經典？簡單來說，不會被淘汰的，就叫經典。

網友問我看中文小說從哪些書讀起，我笑著回答：經典呀！什麼書才稱得上經典？《三國演義》《水滸傳》《西遊記》《紅樓夢》《聊齋志異》等，都是經典，如果想成為小說家的人，連這些書也沒看過，甭夢想。

那麼，金庸小說算不算經典？當然，世界各地的華人都看得入迷，不是經典是什麼？中國大陸還沒開放時，讀者還看手抄本呢。也將一代又一代地相傳下去，著實好看嘛。成為經典，唯一的條件就是好看、耐看、百讀不厭，各個年代讀之，皆有不同的收穫。

音樂呢？貝多芬、莫札特、柴可夫斯基等，他們的交響樂之中，每一次聽，都聽得出另一種樂器的聲音來。學音樂的人，不聽這些大師的作品，如何超越？

書法呢？王羲之、顏真卿、米芾、黃庭堅、懷素等人的帖，是必讀的，最佳典範還是書法百科全書，從篆隸、行書、草書的變化學習。

學篆刻，更少不了研究最基本的漢印，再往上追溯到甲骨文、金文，後來的趙之謙、齊白石、吳讓之等數不完的大師印章，都得一一讀之。

繪畫方面，得從素描開始，再看古人畫，中西並重，方有所成。有了這些經典當基礎，才能走上抽象這條路。

這些你都沒有興趣，要從事時裝設計？那也得從古人服裝學起，漢服、西裝都得看熟，創意方起。看希臘石像腳上穿的是哪種鞋子，不然你設計了老半天，原來幾千年前已經有人想到，羞不羞？

建築亦同，所以我寧願入住古老的飯店，好過新的連鎖。每一家老飯店都有風格，皆存有氣派，為什麼要選個相同的房間下榻？

食物更是經典的菜式好，人家做了那麼多年食譜，壞的已淘汰，存下來的一定讓你滿足。不知經典何物，已拚命去 fusion（指混搭），吃的是一堆飼料而已。

罵我老派好了，我還是愛經典。

喊窮的人都不是真的窮

窮人長不出胖子。德國集中營的猶太人，個個骨瘦如柴。

香港鬧窮荒嗎？絕對不是。你看女人的減肥廣告，就知道香港還是那麼富有。

勤力地拚命做運動，當然是好事。這裡有山有水，公眾體育館的設施不錯，都是免費的。但是女人不依，都擠到室內去，參加什麼俱樂部做健身操。不要錢的嗎？哈哈哈哈，笑死人了。還來得一個「貴」字呢。香港女人無論怎麼喊窮，花在這上面總是捨得。

每次抬頭，看到那一排醜婦隔著玻璃在機械上跑步，都忍不住偷笑。身材不好才去做運動，這我明白。身材不好還要給人家看，怎麼想都想不通。

躲起來抽脂肪總可以吧？我看過一部紀錄片中抽人油和血水的鏡頭，差點作嘔。那麼恐怖的事還肯做，佩服得不得了。

怕死又懶惰的，就猛吞減肥丸。美國貨太貴，吃來歷不明的商品，結果吃出毛病來，還不是照樣要死？

一方面要減那又粗又大的腰，一方面又要增加那又扁又平的胸。大乳房藥丸賣得不亦樂乎，你說女人沒錢嗎？

化妝品店更是開得滿街皆是。電視上廣告請了許多名演員招徠，但是我可以保證，你貼了三十六萬張面膜，也長不出一副明星相。

星期天到中環，那一大群女外勞集中在一塊同時說話，聲音像在非洲聽到的鳥叫。窮嗎？要親手做家務，才是真正的窮日子。在一九六〇年代，我們都過過。

寵物店林立，女人都喜歡養貓養狗養龍貓（絨鼠），最討厭帶孩子。寵物不想吃東西，抱著牠等看醫生，那種憂心，比在自己的老爸老媽生病時擔心更甚。等到有那麼一天，餓到把那隻龍貓也燒來吃，香港女人再去喊窮也不遲。

北京潘家園舊貨市場

上一次去北京，到了中國最大的古玩中心，有數層樓，幾百家商店。載我去的司機說：「如果這裡沒有你喜歡的，可以到附近的潘家園去，那裡有些人出來擺攤子，也許能夠找到一點好東西，不過要星期六或者禮拜天才開的，今天去不了了。」

這一回歸途搭的是下午的飛機，剛好碰上星期六，就請司機帶我去逛逛。

好大的一個地方，像座公園，門口寫著「潘家園舊貨市場」幾個大字。

走進去，看見分成兩個部分，三分之一的地方叫古玩所，是半永久性的建築，一排排店舖有七八排，百家之多。

至於週六、週日才有的攤位占全面積三分之二，另有一處專賣古書。

洋人遊客也聞聲而至，穿插在人群之中。我先到古籍攤子，看到賣的都是一些可以扔完再扔的書，但是漫畫書部分就很有趣，找到小時候看的連環漫畫，當中也有劉旦宅和范曾的作品，後者已經成為大師級人物，但照我看來，當年的連環圖精彩過當今的所謂名畫。

古玩所中賣的東西大同小異，看得頭暈眼花。中間有家專賣葫蘆的，店名叫「葫蘆徐」，用廣東話發音，意思是有一股葫蘆味道。

臨時攤的花樣比較多：西藏來的法器、新疆的弓箭和馬鞍、雲南的銀器和刺繡，等等。也有瓷器、石頭和家具市場。

「都是假的。」司機批評。

「當然啦，真的古董也不許出口呀！」我說，「假如好的話，沒有關係，真古董只放在博物院隔著玻璃看，假的還可以拿來摸摸。」

＊地址：北京華威里十八號

＊營業時間：清晨三點半到下午兩點半

做一個饞吃饞知識的人

我從小好奇心重，對食物也想多知道一點，累積下來的經驗，略有心得，寫些文章，做做飲食節目，人家就叫我美食家了。

對「家」這個字不太有好感。我好學，但對一切知識只能用八個字形容，那就是：「一瓶不滿，半瓶晃蕩。」做任何事，都是一知半解，絕對稱不上什麼家。

英文的 writer（寫作者），我倒不遑多讓。名副其實地每天寫，不是寫作人是什麼？但被稱為「作家」，心中發毛。

幸得名師指點，也學會寫毛筆字刻圖章，冠不上書法家、篆刻家那些虛名。英文的戀人或愛好者 lover 不單指「色情」，也很適合書法愛好者。篆刻戀人，多好！做生意也覺得不錯。好在從來不被叫成買賣家的，做得成功，最多叫「商業鉅子」之類，也肉麻。我寧願被叫作「商人」。

當別人叫我「美食家」時，我覺得刺耳。廣東人用詞簡潔，像美麗、漂亮、好看，一律叫「靚」。美食家，粵語中減少了一個「美」字，變為食家，我也認為過譽。

如果用美食家來形容喜歡吃的人，那麼除了對吃沒一點興趣的人之外，大家都是美食家了。

每天吃，吃了一世人（指一生），不到「家」是什麼？一般人只是默默地吃，不像我那麼嚷在嘴邊，對喜歡吃的東西，形容起來比我生動的人很多，辭藻也比我更豐富。我寫來寫去，只有好吃、美味等原始的字眼。

小朋友問我：「怎樣才能成為美食家？」只要仔細留意吃過的東西，多問菜市場的小販，一定能學會吃。如果一心一意要當什麼「家」，不享受過程，也枉然。目前寫作也是業餘的，我的名片上只有名字，沒有頭銜，硬要安上一個的話，我會叫自己「饞人」，饞吃饞知識的人。

招財貓只是裝飾，要致富還得勤勞

從前在日本家庭式舖子裡看到的招財貓 Maneki Neko，現在外國人已拿它來裝飾，但對它的認識還是不深。

我們翻譯成「招財貓」，其實只對了一半，舉起右手的，才是招財；舉起左手的，應該叫「招客貓」。白色的招手貓，是招福氣的；黑色的防病痛；金色的招運。不能亂放。

一放就一直放下去，不管這隻貓有多辛苦，也是不對的。好的招財貓（如果如願地招財招客的話），只能放在店裡一年。一年之後，拿它去神社或寺裡供養，才算對得起它。

說了那麼多，要是各位還搞不清楚的話，下次到日本，白、黑、金各買一隻回來好了。不知道應該買舉起左手還是舉起右手的？很容易，已有雙手皆舉的貓出售。

也有一說是自己買自己擺的話並不很靈，要人家送才好。無端地請人家送隻貓，也太庸俗了吧？還是看到人家有，你再買一隻更好更大的和他們交換，比較合理。

招財貓的造型也分高低，有的樣子很凶，看起來就不舒服了。當今藝術家們也不避嫌，大的招財貓，買了一隻肥肥胖胖的，笑得眼睛都瞇起來，就很美。

日本材料和人工都貴，買一隻好看的招財貓並不便宜，但已在中國大陸製造，市面上已有很多低價的招財貓，十元商店裡也出售。

到底只是一件飾物，不能完全迷信它，開店做生意一定要勤勞，守本分，東西要做得好吃，不然放一百隻招財招客貓也沒用。

在銀座的壽司櫃檯中，有一隻大型的招財貓，師傅大倉在準備食物時，把帽子戴在貓頭上，很可愛，等到客人來時，又把帽子拿來自己戴，貓就少掉那份天真無邪，下次要請大倉先生多買一頂帽子讓貓戴著才行。

名與利，不是我們的主人

我沒有下一代，要不然，我也一定挑戰當今的教育制度，不讓子女上學。

看到他們背那麼重的書包就心疼得要死，還捨得嗎？

為什麼外國的學生不必受那麼多的苦？我們比不上人家嗎？

整個制度的問題很大，影響社會的是所謂的名校。家長拚命想把小孩送到名校去，今後在社會上才不會被人家看不起，因為他們本身受過這些白眼。

成為名校生，成績就要好過普通學校的學生，那麼填鴨式的教育跟著產生，書包加重，是必然的後果。

讀了名校就會出人頭地嗎？你以為啦！當今巨富又有多少個是名校出身？

兒童需要在自由自在的環境之下才能正常地長成，教育只是一個制度。在制度的框框中長大的孩子，最多只是一個循規蹈矩又沒什麼生活情趣的人。

認識的一位友人，為了反抗強迫教育制度，把他的女兒帶到非洲，和動物一起成長。現在她已成為一位出色的作者，把一生奉獻給不上學校的兒童。

她舉辦網路上的交流會，出席公開的大學活動，和一群沒上過學校的人暢談人生的自由，富於幻想，活得精彩。

老師們的學歷不管多高，總不如電腦，從網路上學習，絕對不遜於任何名校。

我有兒女的話，也會親身教導，學問也許沒人家好，但愛心是十足的。我會把他們帶到世界各地的博物館、音樂廳、美術館去，我會向他們解釋每一座名建築物是怎樣形成的。

至少，我將把自主的思想灌輸給他們，別跟著人家屁股走。名與利，是我們的奴隸，絕對不是我們的主人。

每一種花都是一種美好

百合

從來沒有覺得百合好看。

而且，那陣所謂的香味，簡直臭得要死。所有的花之中，我最討厭百合。有些還被美名為卡薩布蘭卡（Casablanca），這個名字，作為《北非諜影》的原名，是個經典，用在百合身上，把印象也給弄壞了。

住飯店時，經理常送些花，如果聞到百合味，我全身就不舒服，馬上叫服務生拿走。夜深不想麻煩人家，就把它鎖在客廳的洗手間裡，讓它永不超生。

牡丹

荷蘭、紐西蘭等地運來的牡丹，是另外一個品種，花雖相似，但是和中國的完全不同。首先，它的枝是直的，像根喝汽水的吸管；中國牡丹的枝幹彎彎曲曲，外皮粗糙，像老祖父的手指，並不光滑，但像蒼茫人生，很有韻味。

我們一談到牡丹，就想起綠葉。中國牡丹的葉子變化多端，可以觀賞，但西洋的光禿禿，外形有如金不換，不覺得美，只聯想到可不可以拿來炒菜吃。

牽牛

想不到牽牛花的種類那麼多，白的紅的紫的，還有紅顏色之中夾著五條白紋的。

如果只嘆牽牛花品種之多，那麼天下的花種類更是無數。拉丁學名一一去記，也記不了那麼多。我認為喜歡花的話，研究其中一兩種，已能一生享用了。

白蘭

從前只有初夏和初秋兩個季節聞到白蘭花的香味，當今不同。失戀人群中喜愛白蘭的花痴漸多，已從泰國輸入，一籮籮空運而到，白蘭已一年到頭陪伴你，不那麼刺激。白蘭，由情人變成老婆。

抽了幾十年的菸，就像交了幾十年的朋友

「你怎麼老是咳嗽？」小朋友問。

「抽菸呀。」我說。

「一天抽幾包？」

「平均兩包。」我說，「寫起稿來，有時要抽三包的。」

「哎呀！」小朋友叫道，「一天六十支菸！熏都把你熏死！」

「熏死不會。」我說，「支氣管倒是弱了。所謂『妻管嚴』，就是這麼一回事。」

「知道有氣管炎，還要抽？」

「抽，我從十二三歲開始偷菸來抽，抽到現在已有幾十年了，不抽怎麼行？」

「抽菸的人不會長命的。」小朋友咒罵。

「誰說的？」我回敬，「我爸爸每天兩包，抽到九十歲才走的。」

「有些人是例外。」小朋友承認。

「我也是例外，我有抽菸的遺傳基因，我不會有事的。」我說，「而且我抽菸時是很快樂的。你就讓我快樂吧！」

「你為什麼那麼喜歡抽菸？」

「手指寂寞呀！」我說。

「你總是強詞奪理，手指寂寞也可以當藉口！」小朋友氣憤道。

「你不抽是你的事，我抽是我的事！互不侵犯！」我說。

「二手菸有害的！」

「還沒有醫學證實。」我說，「不過我尊重別人，如果對方不喜歡，我就不抽。」

「還是戒掉吧！」小朋友苦口婆心，「你看張先生抽了幾十年，也一下子戒了。」

「抽了幾十年的東西，已變成朋友！」我說，「幾十年的朋友，可以一下子拋棄，這種人，薄情得很，你要小心。」

「不跟你說了！」小朋友大叫後走掉。

我樂得清閒，照抽不誤。

那些我們不懂卻理所當然的道理

有時，會在網路上收到連鎖信，多數是嚇人的，絕少值得一提。今天看到的這一封還不錯，試譯下來：

一、我愛你。我並不在乎你是怎麼樣的一個人，我在乎我在你心目中是怎麼樣的一個人。

二、世上沒有一個男人或一個女人值得你流淚，如果有這麼一個人，他或她是不會令到（閩粵方言，指「使得」「讓」）你哭泣。

三、有時你覺得對方愛你不夠深，其實他或她已經盡了他們所有的力氣去愛你了，這也應該夠了吧？

四、一個真正的朋友伸出手來，不只接觸到你的手，還接觸到你的心。

五、想念一個人，有時候很糟糕。你可能坐在他或她的身邊，但又知道自己得不到對方，這不是糟糕透頂嗎？
六、在悲哀的時候也別表現你的氣憤，笑笑好了。有時候這種笑容會令到其他人愛上你的。
七、你只不過是宇宙中的一個人罷了。但是對某一個人，你是他或她的宇宙。
八、絕對不要為一個浪費時間在你身上的人浪費時間。
九、或許上帝要我們遇到一個好人之前，先遇到幾個壞人。當這個好人出現了，我們更應該感恩。
十、別為情逝哭泣，為感情出現過而歡笑吧。
十一、在生活中一定會出現一些傷害你的人。你可以繼續相信人，下一次小心一點就是。
十二、有因才有果，一切都是緣分。

這一類的話我們聽起來理所當然，但是當今自殺的新聞不少，想不開的情婦更多，翻譯一下給這些人看，只有好處沒有壞處。我們自己不必聽，夠資格寫了。

好詩好詞，配好酒好茶

好酒之人當然喜愛喝酒之詩詞，但也要不太難懂為上選。

白居易詩：「當歌聊自放，對酒交相勸，為我盡一杯，與君發三願：一願世清平，二願身強健，三願臨老頭，數與君相見。」

稼軒（辛棄疾，南宋詞人）詞：「一醉何妨玉壺倒，從今康健，不用靈丹仙草，更看一百歲，人難老。」

李東陽（明朝內閣首輔大臣，茶陵詩派核心人物）詩較澀：「夢斷高陽舊酒徒，坐驚神語落虛無。若教對飲應差勝，縱使微醺不用扶。往事分明成一笑，遠情珍重得雙壺。次公亦是醒狂客，幸未粗豪比灌夫。」

陸龜蒙（唐朝詩人）的香豔：「幾年無事傍江湖，醉倒黃公舊酒壚。覺後不知明月上，滿身花影倩人扶。」

陳繼儒（明代文學家、書畫家）寫景：「群峰盤盡吐平沙，修竹橋邊見酒家。醉後日斜扶上馬，丹楓一路似桃花。」

李白最淺白：「兩人對酌山花開，一杯一杯復一杯。我醉欲眠卿且去，明朝有意抱琴來。」

最壯烈的酒對子是洪深（一八九四至一九五五，戲劇家，江蘇常州人）的：「大膽文章拚命酒，坎坷生涯斷腸詩。」

好酒詩詞，必配上好茶詩詞，才完美。

白居易有：「坐酌泠泠水，看煎瑟瑟塵。無由持一碗，寄與愛茶人。」

杜耒（南宋詩人）有：「寒夜客來茶當酒，竹爐湯沸火初紅。尋常一樣窗前月，才有梅花便不同。」

蘇軾的《望江南》：「休對故人思故國，且將新火試新茶，詩酒趁年華。」

茶的好對聯有：「青山個個伸頭看，看我庵中吃苦茶。」

將酒和茶糅合得最好的是：「宛如銀河下九天，鋼斧劈開山骨髓，輕鉤釣出老龍涎，烹茶可供西天佛，把酒能邀北海仙。」

還有長聯曰：「為名忙為利忙忙裡偷閒喝杯茶去，勞心苦勞力苦苦中作樂拿壺酒來。」

簡易詩詞易受人們喜愛

談起詩詞，又發雅興。

豐子愷先生遊四川時，得到兩粒紅豆，即作畫題詩贈友人，詩曰：「相隔雪山相見難，寄將紅豆報平安。願君不識相思苦，常作玲瓏骰子看。」

我喜歡的詩詞和對聯，都是越簡易越好。有的更像日常對白，像「吾在此靜睡，起來常過午。便活七十歲，只當三十五」。

梅蘭芳先生贈演員友人的是：「看我非我，我看我，我也非我；裝誰像誰，誰裝誰，誰就像誰。」

蔣捷的《虞美人》也易懂：「少年聽雨歌樓上，紅燭昏羅帳。壯年聽雨客舟中，江闊雲低，斷雁叫西風。而今聽雨僧廬下，鬢已星星也，悲歡離合總無情，一任階前，點滴到天明。」

納蘭性德的詞也淺易：「明月多情應笑我，笑我如今。辜負春心，獨自閒行獨自吟。近來怕說當時事，結遍蘭襟，月淺燈深，夢裡雲歸何處尋。」

鄭板橋《遠浦歸帆》亦曰：「遠水淨無波，蘆荻花多，暮帆千疊傍山坡，望裡欲行還不動，紅日西矬。名利竟如何？歲月蹉跎，幾番風浪幾晴和。愁水愁風愁不盡，總是南柯。」

龔定庵的詩是：「種花都是種愁根，沒個花枝又斷魂。新學甚深微妙法，看花看影不留痕。」

到過年，寫春聯，意頭好的很受歡迎，但淡淡的哀愁更有詩意，代表作有：「處處無家處處家，年年難過年年過。」

也有：「翠翠紅紅處處鶯鶯燕燕，風風雨雨年年暮暮朝朝。」

更有：「月月月圓逢月半，年年年尾接年頭。」

簡易詩詞易受人們喜愛，三歲小孩也懂的詩一定流傳古今，絕不會被時間淘汰，典型例子就是「床前明月光」。

為了吃肉，做不成和尚了

人生已進入另一個階段，求平淡了。

出外旅行，不再對沒有變化的菜式感到厭惡，有什麼吃什麼。但是晚餐一定要飽，不然半夜肚子餓，找宵夜是麻煩事。

在家裡，越簡單越好，我經常做的是一碗白飯，熱騰騰時挖一個洞，把小魚乾和蔥茸放進去，再用白飯蓋之，燙得魚有點軟了，淋上頭抽，攪拌後吃，滿足矣。

再不然，就是用一包臺灣乾麵條，水滾了，煮三分鐘，用個大碗，放頭抽和黑松菌橄欖油，麵條熱後拌來吃，也是豐富的一餐了。

別以為這麼一來，什麼都不吃。到了餐廳，還是喜歡試各類未嘗過的菜，如遇名廚，就當成藝術家來欣賞。

吃時總是那麼一點點，試味道和廚藝。大魚大肉的心態已無，除非精彩萬分，不然不會囫圇吞之。

總結起來，我對火鍋還是保留批判的態度。雖然每次都覺得不錯，尤其是喝最後的濃湯，但是打邊爐並攀不上廚藝，只是把食物中生變熟而已。這麼一說，四川人不以為然，大家都反對，更傷重慶人的自尊，把火鍋從他們的生命中取走，簡直不能活了。

但事實歸事實，不管他們怎麼說切功、吃的次序、調料的重要，以及湯底的層次，我還是不覺得火鍋有什麼文化。

對外國人的白灼（水煮）更無興趣，什麼海產給他們扔進大鍋一煮，味道盡失，怪不得他們的辭彙中沒有一個「鮮」字。

燒烤最原始，說到原始，我寧願只吃三成熟，尚可試到更原始的生肉味。

一切都經歷過，吃完了火鍋、白灼、燒烤，知道怎麼一回事，再求廚藝，等到廚藝也熟悉了，才能回歸平淡，但我這個矛盾的人，連齋菜也不喜歡，怎能平淡呢？

唉，還是想吃肉。和尚，是做不成的。

不和思想消極的人玩

遇到一些小朋友，問我道：「大學，是不是一定要去讀呢？」

「當然，」我回答，「父母親給你這個機會，或者由你自己爭取獎學金，為什麼不讀？」

「到底好處在哪裡？」

「讀理科，像醫學、化學、法律之類，一定要死讀。文科倒是可讀可不讀，今後的工作，與大學讀的都沒有什麼關係。」

「那文科的話，可以不上大學了？」

「話也不是那麼說，大多數人會在這期間交到好朋友，今後成為你在社會的人脈，是很重要的。而且，書一讀得多，人的氣質也跟著提高。但是在香港這個畸形社會，許多富豪都沒念過大學，令人更覺得大學不是那麼重要。最後，還是怎麼生存下去才最實在。老人家語：一技傍身呀。」

「我什麼都不會，也不愛讀書。」

「總有一樣興趣吧？」

「只喜歡打機（粵語俚語，指玩電子遊戲）。」

「那也好，可以設計電子遊戲呀。」

「太難了，有沒有簡單一點的？」

「你把你的手機拆開來，一樣樣零件研究一下，容易吧？」

「那有什麼用？」

「像目前的 **iPhone** 手機，壞了不知怎麼修理，紐約就有一個專上門為人弄好的，也賺個滿缽呀。你也學學怎麼修理 **iPad** 吧。」

「這門工作已經有很多人會了，輪不到我。」

「你不去試，怎麼知道輪不到你？」

「反正我知道學了也沒用。」

「反正，反正！和你這種什麼事都往負面去想的人聊天，精力都給你吸走，學朋友說一句：不跟你這班契弟（這幫傢伙）玩了。」

思想配額儲蓄越多，越精彩

某某朋友說他不飲酒，不是戒酒，而是喝酒的配額已經用完。

老人家也常勸道：一生人能吃多少飯是注定的，所以一粒米也不能浪費，要不然，到老了就要挨餓。

以寓言式的道理來嚇唬兒童，養成他們節約的習慣，這不能說是壞事。

最荒唐的是，你一生能來幾次也是注定的，年輕時縱欲，年紀大了配額用完就不行了！

哈哈，這種事，全靠體力，不趁年輕時做，七老八十，過什麼乾癮？

如果能透支，那麼趕快透支吧！

要是旅行也有配額的話，也應該和性一樣先用完它。年輕人背著背囊到處走，天不怕地不怕，袋子裡少幾個錢也不要緊。先長見識，結交天下朋友！

年紀一大，出門時帶定幾張金卡，住五星飯店。但是已不能每一個角落都去，拍回來的照片都是明信片上看過的風景。

大魚大肉的配額也非早點用完不可。到用假牙時，怎麼去啃骨頭旁邊的肉？怎麼去咬牛腿上的筋？怎麼去剝甘蔗上的皮？

老了之後粗茶淡飯，反而對健康有益。

在床上睡覺更是能睡多少是多少。老頭到處都打瞌睡，車上、沙發上、飯桌上，但是一看到床，就睡不著，這個配額絕對用不完。

我一直認為人體中有個天生的煞車掣（指剎車），等到器官老化不能接受某些東西的時候，自自然然便會減少。某某朋友的酒也是一樣的。他並非用完配額，而是身體已經不需要酒精。

這些日子以來，我自己的酒也喝得比以前少得多，覺得是很正常的。我的肝臟已經告訴我，喝得太多不舒服。而不舒服，是我最討厭的，盡量去避免，不喝太多的酒，不算一個很大的代價。

菸也少抽了，絕對不是因為反吸菸分子的勸告，他們硬要叫我戒菸，我會聽從的話，那是來世才能發生的事。

白蘭酒一少喝，身體就需要大量的糖來補充失去的。

某某朋友一不喝，就大嚼吉百利巧克力和Mars棒棒糖。一箱箱地由批發商處購買，滿屋子糖果。

我也一樣，從前是絕對不碰一點點甜東西，近來也能接受一點水果。有時看到誘人的義式冰淇淋，一吃就是三英磅。

那麼膽固醇有沒有配額呢？當然沒有啦！在不懂得什麼叫作膽固醇的貧苦一九六〇年代，豬油淋飯，加上老抽，是多麼大的一種享受！

而且，膽固醇也分好壞，自己吃的一定是好的膽固醇。

年輕時，看到肥肉就怕，偶爾被老人家夾一塊放在飯上，瞪了老半天，死都不肯吃下去。現在看到燉得好的圓蹄，上桌時肥肉還像舞蹈家一般搖來搖去地跳動，口水直流，不吃怎麼對得起老祖宗？

胃口隨著年齡變動，老了之後還怕膽固醇真笨，現在的配額，取之無窮，用之不盡，快點吃肥肉去吧。

那麼因為膽固醇太高，得心臟病怎麼辦？

肥肉有配額的話，壽命也有配額。閻羅王叫你三更死，你也活不過五更。

因為膽固醇過高而去世的人，也是注定要死的呀！白飯就沒有膽固醇了吧！白飯吃太多也會噎死人的呀！

「最怕的是你死不了，生場大病拖死別人倒是真的！」老婆大人狂吼。

迷信配額，應該連生病也迷信才對。

兒女一生下來，趕快叫他們來場大病，那麼長大之後，生病的配額用光，淋巴腺癌、食道癌、鼻癌、胃癌、肝癌就不會得了。老婆大人，您說是不是？

如果長期患病而死，也是早在八字上排好的。命苦就是命苦！要是命大，那麼遇上貴人，一帖靈藥就搞定。起死回生，生下一打半打孩子再翹辮子。

穿的、用的、住的、行的，都有配額？即使我這麼相信，那麼思想絕對沒有配額了吧？

各種配額能用完，思想配額將會越儲蓄越精彩。所謂思想儲蓄，是把你美好的時光記下：印度的泰姬瑪哈陵、埃及的金字塔、威尼斯、倫敦、巴黎、紐約和香港，都是豐富的儲蓄，還有數不盡的佳釀，還有抱不完的美人，只有在生命終結時，思想的儲蓄才會消失。

到了那個關頭，病也好、老也好，帶著微笑走吧。哪會想到什麼膽固醇？身外物、體中神，一切能夠想像的配額，莫過於悲和喜。

生了出來，從幼兒園開始被老師虐待，做事被大家打小報告，老婆的管束，養育子女的經濟壓力等。我們做人，絕對是悲哀多過歡樂。

雖然，中間有電子遊戲機或木頭做的馬車帶來一點點調劑。還有，別忘了那麼過癮的性生活！除此之外，我想不到做人有任何太過值得慶幸的事。

把悲和喜放在天平上，我們被悲哀玩弄得太盡（指太徹底）！如果人生真的有配額，那麼我們的死，一定是大笑而死的！

回顧此生短且暫，慰藉不平唯欲望

夜，是溫柔的，但是我更喜歡早上。

有數不清的黎明，我看到升起的太陽。起初，是一片昏暗，從窗中望出去，每看一眼，倏忽間越來越光明。蔚藍色的天空，有時發白，有時重複了傍晚的紫霞。

山的背後轉為橙色，一下子被陽光沐浴，又是一天的開始，亦為漆黑的終結。

面對著寧靜的伊勢海灣，遠處燈塔一閃一閃地亮著，漁民出海，大小船隻穿梭，我這輩子的人還可以看到此種現象，新一代有了衛星導航，燈塔失去了用途，將成古蹟。

黎明總帶來涼意，這時候腦筋清醒，反而要加幾分糊塗，才能面對接下去的那幾個小時。

春天盛開的花朵一望無際，秋日落葉吹進窗來。

咦，外面鋪了一片細雪，這便是叫為「薄化妝」的情景？

城市的馬路上，穿汗衫短褲的人跑步出門可以穿薄一點的衣服；當學生上課添上一件外套時，自己也要打上一條圍巾。回憶穿校服的日子，見一對老夫婦晨運，一生濃縮於一日。

捫心自問，對得起家人對得起朋友。做人總有幽暗的一面，所謂的成就，不過是做給別人看。能夠慶幸的是未曾黑髮讖白頭，心安理得。

幾度風雨欲覆巢，屋頂沒被積雪壓倒，而今享享清福，不必弄兒嬉孫，遙望遠山櫻怒放，煙霧情懷各迷惘，而今雙鬢亦斑斑，不悔今生狂妄。

回顧此生短且暫，慰藉不平唯欲望。菩提樹下無所悟，何必達到佛彼岸？

最不能接受的是假東西

在花墟的店中，看到染了顏色的花，五顏六色。問小販是怎麼種的，他們說剪斷了莖，放在顏色水中浸，自然會變成這個樣子。

好傢伙，好一個「自然」，人工染色，還說自然！

今天看報，還有一則更令人毛骨悚然的報導，說有人用打針的方式把顏料打進全身透明的魚，看起來鮮豔可愛，買回家養，兩三天就死去，顏色水還從屍體中流出來！

我最不能接受這些假東西，憎恨得要命，要是有誰拿來給我，一定被我破口大罵。

討厭的還有假花味的香精，計程車裡司機擺了一瓶在方向盤前，一陣陣不自然的所謂「香」

味飄出，但一點也不香，臭得要命，我即刻打開窗，不吸外面的空氣會暈倒。

別以為香精只模仿花氣，它還學水果味，許多低價的糖果，又檸檬又橙，其實都是人造，飲料更恐怖，有些桃水根本沒有桃。

東西一假，假得興起，連食物也作假，很多人到迴轉壽司店去叫一碟蟹柳，又肥又大，又鮮又紅，說是什麼阿拉斯加螃蟹腳，還不是普通的魚餅拉成絲做的？連那些魚餅也只有很少量的魚，澱粉類加上香精而已。

這家發明假蟹肉的公司，還把特許權賣給美國人，當今花旗佬也大吃起來。賺了錢，此公司又去開發新製品，假起烏魚子來。市面上許多帶子（北方稱鮮貝），早已經不是真的，大家還吃得津津有味。

日本假東西騙的人多，來到香港買乾鮑，想不到我們也做假的賣給他們。可真像，有鋸邊，還有一層白白灰灰的東西包在鮑魚上。但至少我們的假貨是用魷魚做的。

話得說回來，有些食物真不如假。像魚翅，有很多是人工的，看到兩頭都尖的就是假的。反正魚翅無味，濫殺鯊魚是罪過，吃假的無妨。有一個大師傅告訴我，炒桂花翅時要炒得乾身（粵語方言，指水分少），用假的更好。

精彩地活過，比什麼都重要

藝人走了，大家惋惜：「那麼年輕，多活幾年才對呀！」

多活幾年？活來幹什麼？等人老珠黃？待觀眾一個個拋棄？

只有娛樂圈中的人才明白蠟燭要燒點兩頭更明亮的道理。一剎那的光輝，總比一輩子平庸好。

人生浮沉，藝人是不能接受的，他們永遠要站在高峰；要跌，只可跌死。

當事業低迷的時候，藝人恐慌，拚命掙扎。這時，好友離去，觀眾背叛，他們就陷入精神錯亂。這也是經常見到的事，因為他們不是一般的人，他們是藝人。

就算一帆風順，藝人也要求所謂的突破，換一張新面孔出現。但大家愛的是舊時的你，喜歡新人的話，不如捧一個更年輕的。

更上一層樓，對藝人來說極為危險，也只好劍走偏鋒，才有蛻變。突破需要很強的文化背景，可惜一般藝人讀書不多，聽身邊的狐朋狗友的話，一個個像蒼蠅跌下。

曾經有人對藝人下過一個結論：天才，一定要有，但是運氣，還是成功最重要的因素。

藝人以為神一直保佑著他們。失敗是一種考驗？他們的宗教之中，不允許有人對他們有任何的懷疑。

明明知道是錯的，可是沒有人能阻止他們。藝人像瀑布，不停沖下，無休無止，一直唱著《我行我素》之歌。

藝人並不需要同情，他們祈求的是你的愛戴。勸他們保護健康，是多餘的。

像一個戰士，最光榮的莫過於死於沙場。站在舞台上，聽大家的喝彩，那區區的絕症，算得了什麼？

燎原巨火，燃燒吧，只要能點亮你的心。藝人說：「我已活過。」

不斷自我增值，才是最終的道理

如果我有兒女，一定會鼓勵他們走進電影這一行。

第一，電影始終是一個夢工廠，源源不斷的幻想，都能以形象表現出來。

第二，做電影的人，腦筋會被訓練得非常靈活。這不行，就做那；那走不通，又預先安排了另一個選擇。

第三，接觸到的層面最廣。燈光、攝影、服裝、道具等，每一個細節都是一門獨有的學問。第四，完成至上映，只有很短的一段時間，宣傳上的快速，不是其他行業趕得上的。第五，也是最吸引人的，是變化多端。曾經問過一個搭布景的員工，說建築工人的薪水已經是你的兩倍，你為什麼不改行？他回答說：「我在外面搭房子，一年才搭一座；我在片場裡，一個星期有一座不同的。」

做過電影之後，要應付比它刻板的工作就輕而易舉了，生存下來容易得多。所謂的狡兔三窟，電影人最拿手。他們對付的不只是人，還有天。天晴了出外景，一陰就搬進片場或室內，這是基本的學習，再下去，就算下雨，戶外工作也不能停止，老導演會教你：「打著傘，拍演員的特寫好了。」

導演們為了要求更好，每一秒鐘都在改變主意，跟著他的那群人，不管任何環境或約束，都要幫助他達到目的。朝九晚五的上司，怎麼刁難，也不會麻煩過電影導演。

唯一的毛病，是上癮後下不了舞台，以為光輝是永遠的，一直依戀下去，至潦倒為止。

一切工作，都是一樣吧？我們做人，總得培養其他興趣，研究深了成為專家，這份工不打，做別的。不斷自我增值，才是最終的道理。

大家有錢都玩去，天下太平

從前不看經濟版，對做生意一點興趣也沒有，認為是俗事，這都是老一套思想的貽害，相信《胡雪巖》早個七八十年出版，絕對賣不出那麼多本書。

後來旅行得多，才發現原來這個世界只存在一個真理，那就是國家有了錢才談得上自由開放。貧富懸殊的話，落後就是落後，髒就是髒。

不管一個國家有多少財富，地理資產有多雄厚，人口一多，一定會把經濟拉退，道理就那麼簡單。

舉個例子，印度曾經有輝煌的歷史，但是小鬼一生數打，漸漸衰落了。北歐諸國，人民因為太冷，不喜歡做愛，夫婦連生一個都不願意，就能由野蠻的維京海盜變為生產諾基亞和愛立信的富國。生活一改善，人民才開始愛乾淨，舊時的香港，還不是一樣髒嗎？

還有一樣，人一老了，思想就頑固，也是阻礙經濟發展的主要原因。

又舉些例子，有了甘迺迪那麼年輕的領袖，死氣沉沉的美國經濟才能起飛，柯林頓也比詹森和雷根強得多。雖然還是反對不過天主教的不墮胎，但透過大量生產避孕藥，也在一定程度上有效控制了人口。

國家元首有一點腦子的話，便能賺錢富國，像窮得那麼厲害的菲律賓，誰會相信才幾十年前麥格賽賽統治的時候，國家富有，領導亞洲？

日本人篡改教科書，軍國主義陰魂不散，都是因為老一輩的人還不死。這一派的勢力還是很強，當權者不答應去靖國神社拜祭就當不上首相。但這群人七老八十，幾十年後一死，由澀谷染金毛的小子起來當政，才不管打不打仗，有的玩就是。全世界都喜歡做愛而不生孩子，所有人一有錢，大家玩去，天下太平。

煩惱出自我們的貪婪

比利時一家雜誌，對全國六十歲以上的人做了一次問卷調查，問題是：「你最後悔的是什麼？」結果是：

一、七十五巴仙（香港俚語，指百分比，下同）的人後悔年輕時不夠努力，以致事業無成。當今生活困苦，都是當年的錯。

二、七十巴仙的人後悔年輕時選錯職業，他們當年的觀念是「錢多事小，離家近」，結果沒發揮自己的潛力。

三、六十二巴仙的人後悔對子女的教育不夠或方法不當，多年後才發現應該不聽別人，按照自己的經驗和型態去教他們才對。

四、五十七巴仙的人後悔沒有好好珍惜自己的伴侶，現在離婚，才知道原來的先生或太太都很好。

五、四十九巴仙的人後悔鍛鍊身體不足，老來百病叢生。

你呢？年紀大的人後悔的是不是同樣的？

還有你呢？你還年輕，這些話你是聽不進去的。

我認為這種問卷都是多餘，類似於「阿媽是女人」（意為不用說都知道）。我們一早就知道「少壯不努力，老大徒傷悲」這句老話，但是當年充滿活力的你我，都認為我們有大把時間去嘗試，浪費光陰並不是一件什麼大不了的事。

一切都是命，當今的科學證明是遺傳基因。你的個性是懶的，花一百年時間也不會讓你勤力起來。後悔選錯職業也是命，冥冥中的安排改變不了。對子女的教育是你給他們的遺傳，好種教不壞，壞種教不好。你珍惜伴侶？是看你的伴侶值不值得你珍惜。運動不夠？那是連我這個努力的人也學不會的。

後悔我們一定有。煩惱出自我們的貪婪。兩者兼得，就產生後悔和痛苦。A君或B君，要哪一個？煩惱即來。選其中一個，不後悔就是。一切災殃化為塵，阿彌陀佛！

凡是身外物，都不重要

爺爺雖然七十歲了，但他所做的陶器、瓷器仍全國聞名，每年都要來東京的百貨公司開展覽會，在我們家住一晚，隔天就回鄉下去。我們家的小孩子很喜歡這位爺爺，他常把一些自己畫的素描給小孩子看，讓他們高興。

一次，我們全家到爺爺的工作室去做客，見他全神貫注地在陶器上繪畫，表情凝重而嚴肅。「從前這些陶器都是粗品，現在賣得那麼貴，我做了卻覺得沒意思了。」爺爺很喜歡喝日本清酒，醉後，總發幾句牢騷。

家裡又收到爺爺寄來的包裹，打開紙箱一看，是些碗碟和茶盅。爺爺說：「賣剩的，你們用好啦！」

那麼有名的人做的東西，我當然收了起來。我對爺爺說：「不能讓小孩子們用，打爛了多可惜。」

爺爺聽後大喝一聲：「你說些什麼鬼話！有形狀的東西總會壞的。」

從此，我們家裡都是用八千日圓以上的東西來吃飯、喝茶。

小孩子們也記得爺爺的教訓：「那些都是身外物。」

悠閒可以偷，問題在於你懂不懂得去偷

如果你是一個出入有司機接載的人，請別讀下去，你不會知道我說些什麼。

早上悠閒散步，過馬路時交通燈柱下有一個黃色的長方形盒子，畫著一個圓圈，圓圈內有三點，上二下一。

很多人用手去按，以為這麼一來就有行人信號出現可以過馬路了，哪知等個老半天，紅燈還是紅燈，從不轉綠。

為什麼？原來圓圈和那三個黑點那個地方是不會有反應的，一點作用也沒有，你要低下身

去，才會找到黃色盒子下面有一個銀色的按鈕，那才是真正的過馬路按鈕，真是開玩笑。

黃色盒子按了燈會轉綠的，是黃盒子上有紅玻璃的部分，下面畫著一隻手那種，除此之外，皆行不通也。

請別笑說這麼簡單的事有誰不知道？大把人不知道！

天下的人，都比不上香港人性急，畫著一隻手的，被人拚命亂拍亂按，油漆都剝脫模糊了，就像電梯中那個「關」字。

交通燈的更換時間也是全世界最快的。當今的已造福視覺障礙者，發出「嘀嘀嗒嗒」的響聲，這個「嘀嘀嗒嗒」可真快，「嘀嘀嘀嘀」，「叮」！「嗒嗒嗒嗒」，又「叮」！弄得看不見東西的仁兄們急得團團轉，真是同情他們。

生活步伐一快，到了外國就急死人！為什麼紅燈那麼久還不轉綠？尤其是在東京，太久了，真忍受不住！搭計程車又那麼貴，差點惹出心臟病來。

古諺也說過：「到了羅馬，就按照羅馬人的習慣去活吧！」香港人絕對辦不到，他們的心中香港沒離開過。

住在香港，跟著他們的節奏過活的話，那是大笨蛋一個！有空暇，何必那麼急著過馬路呢？有些電梯是液壓式的，你再多按幾下「關」也沒作用。悠閒是可以偷回來的，問題出在你懂不懂得去偷罷了。

窮開心，總比有錢了不開心的好

早前「領匯」信託基金邀請，到天水圍的商場教兒童書法，我欣然答應。

其實，小孩子的童體字最美，是不用教的。大人一教，就壞了。不過，為了克服他們對抓毛筆的恐懼感，不妨談談。

「請你教他們寫一個字好了。」同事們說。

「什麼字？」

「請寫『笑』字。」

「小孩子誰不會笑？」我問，「只有大人笑不出。寫個『樂』字吧。」

「千萬不可。」同事們說，「當今股票大起，『樂』字很忌諱。」

我笑了：「寫個『趣』，如何？」

終於達到折中，就那麼決定。

星期六下午，商場的大廳中坐滿兒童和他們的父母，二樓、三樓有大人旁觀。我先走近小孩子，看他們拿筆拿得辛苦。

「誰那麼教你們的？」我問。

「爸媽。」有的舉手，「老師。」

「通通不對。」我說。

兒童做驚訝狀，我繼續說：「喜歡怎麼抓就怎麼抓，不必聽他們的。」

大家高興起來，我示範了一下，兒童紛紛學習。

望到樓上，這回針對大人了。來這裡的，到底是大人多。我說：「選這個『趣』字，是因為我們除了自己那份工作之外，一定要培養一些興趣，比方寫寫字。有了興趣，熱心起來，深入研究，發現生命除了擔憂生活外，還有很多意義。」

樓上的大人有的點頭，有的看看我，像在說：「窮什麼開心？」

我說出他們心裡的話：「我父親也窮，我們小時候也過著窮的生活，但是他寫寫字，種種花，從池塘裡撿回來小荷葉，放在茶杯裡，看它長大。窮開心，總比有錢了不開心的好，大家說是不是？」

忙就忙吧，苦就苦吧，享受之

曾經為茗香茶莊寫過一副對聯，曰：「為名忙為利忙忙裡偷閒吃杯茶去，勞心苦勞力苦苦中作樂拿壺酒來。」

自己的散文集成冊，也用過「忙裡偷閒」與「苦中作樂」為書名。

忙和苦真的那麼可怕嗎？是的，如果你是一個朝九晚五的工作者，那麼退休的安逸生活，是你渴求的；要是你付出的只是勞力就簡單了，老來過清淡的生活，舒服得很，養鳥種花，日子過得快。

人一不忙，就開始胡思亂想，以自我為中心起來。

子女為什麼不來看我？郵差為何不送信上門？每天派的報紙，怎麼遲了十分鐘？看病時，醫生為什麼不即刻為自己檢查？

人不能停下來，如果你是一隻大書蟲，那就無所謂了，看書的人有自己的宇宙，旁的事，太渺小了。

有時可真羨慕外國人的豁達，一代是一代，長大了離開，父母不管我，我也不必照顧他們，各自獨立。有了家族觀念，反而在感情上糾纏不清。說是容易，但我們擺脫不了生長在中國家庭的宿命，我們還是有親情的，我們的父母兄弟姐妹孫子孫女，都要互相擁抱在一起，我們一老，就不能原諒別人不理我們。

忙與苦，都能解決一切煩悶，一點也不恐怖，對老來的生活，是一劑清涼的良藥。工作可以退休，自修總可做到老。喜歡的事，加以研究，夠你忙的。從種種問題中尋求答案，別的事就不必去煩惱。能得到的親情，當成橫財，僅此而已。

閒與樂，雖說要偷，要作，但那杯茶，那壺酒，終於是喝進自己的肚子。忙就忙吧，苦就苦吧！

享受之。

一切都是最好的安排

所有大機構的人事部請人，都只看外表、學歷和經驗，往往僱不到好職員。為什麼？經驗告訴我，記憶力才是最重要的。

請人時，最好先問：「你記得多少個電話號碼？」

如果對方滔滔不絕把親朋好友的都說出來，那麼這個人你要了錯不了。

幾乎所有的成功人士，記性都是好的。金庸先生和胡金銓導演一起談天，把《水滸傳》中的人物一個個數出來，連他們的家僕叫什麼，也記得清清楚楚。

試想如果你把看過的書都記得的話，那是多大的一筆財富！

雖然當今有電腦，但這與記憶力無關。記性好的人要有應變力，方不湮沒才華。

記憶力強但腦筋死板的話，也做不了大事，不過這些人還是比記性差的人好，至少在理科上面會有更高的成就。

人事部除了問電話號碼，還要看對方的眼神。若是靈活，更加得請。不過這些人做不久，綁不住。留下來的話一定爬過你的頭，升到經理、總裁。要討好他們，不然會被炒魷魚。

但一切都被命運安排，繼承了家庭事業，做各種買賣，數口（粵語方言，指擅長心算）雖精，但遇到社會大氣候改變，也會失敗。有些用在賭博上，記得對方的每一張牌，人家也怕了你。

當醫生和律師，記性好是基本條件，會計部的職員也不能全靠記錄，做銀行的記錯數目，是件大事。

也有些只對產生興趣的事物有記性。我這個人，哪裡有好餐廳，如數家珍，但一遇到正經事就記不住，像寫寫文章，只是個三流作者。

時常聽到有人抱怨菲律賓家政助理記性不好，記性好，當什麼家政助理呢？

沒有什麼了不起

「原來你們會看月色，又能預測天氣，真是了不起！」知識分子到了田中，感嘆農夫們的本事。

老百姓聳聳肩：沒什麼了不起的呀。

所謂學問，學學問問，就學會了嘛。最怕你不願去學，不肯去問。學了問了，就變成知識分子。但是知識分子最大的毛病，莫過於以為自己了不起，學會一樣東西，聽到一個事件，馬上就炫耀出來，大聲疾呼：我會這，我會那。

真正學會的人，卻像農夫一樣不出聲，聳聳肩：沒有什麼了不起。

像畫畫，從素描開始，不停苦練，學會了寫實之後，再進入寫意，最後完全拋掉，畫出兒童畫一樣天真的作品。

像寫字，從臨碑帖開始，勤摹名家，最後創出自己的字型，卻要有很深的基礎才行。

不單是藝術，做買賣也一樣，善於經營的人，都不自稱「我會做生意」！

這等於律師說「我懂得法律」！

律師不懂法律，做什麼律師？

凡是自吹自擂的人，一定自信心不強。最低能的，莫過於有些醫生說：「我醫好某某人。」聽到這種話，最好別找他。

也很少聽到知識分子說：「我看了這本書，又看了那本書。」

只見他們發表文章，攻擊這個人，批評那個人。懂得一點皮毛，即刻引用。

自以為是知識分子的人，包袱太大，是假的知識分子。如果要批評、評論，只能說出一個觀念的正確與否，專門對付一個人，是沒有自信心的表現。

「原來你會寫文章，真是了不起！」有人對我這麼說。

我只是寫，每天寫，不知道會不會。

我醉欲眠君且去，是人生最高境界

越來越不懂得客氣是怎麼一回事。

為了禮貌，有時對人說：「有空去飲茶。」

這一來不得了了，天天閒著，有空時想想：「值不值得去？」

最後，還是勉強地應酬，深覺沒意思。

所以，「有空去飲茶」這句話，少說。如果沒有心，說來幹什麼？自己找辛苦。

吃完飯大家搶著付帳，要付就讓人家去付好了，已經學會接受這種方式。

最糟糕的是，想請客，先把信用卡交上櫃檯，但對方堅持要付，把你的卡退回給你。應付這種情形，唯有讓他們去結帳，再備一份重禮另日送上。

一切順其自然好了，人生不應該在這種小節上浪費工夫。走出門，要是我先一步，就走在前面，如果朋友帶頭，跟著好了，別讓來讓去。

一張圓桌，主人家叫你坐在什麼地方，乖乖地聽。

「不，我怎麼可以坐主位？」這種廢話，說了無益。對方要是不尊敬你，你想坐在一角都難。但是沒等主人說話，自己就大喇喇地坐在主位，也是禁忌。

到婚宴或生日會上，覺得沒趣，快走。打一聲招呼最好。

要是引起賓客的紛亂，那靜悄悄地溜了算數（意為得了，好了）。大場面並不會因為少了你一個人而停止的，別自視過高。

事先聲明你不喜歡卡拉ＯＫ，別人便不會拉你去。

盡量別做自己不想做的事，哪怕得罪對方，也值得。如果他們那麼小氣，不做朋友也算了。

中國人有很多禮貌上的迂腐之處，但也並非人人如此。有句古詩云：「我醉欲眠君且去。」實在可圈可點，是人生最高的境界。

2

想做什麼就做什麼，快快樂樂

Live a cheerful life

還是快快樂樂，
想做什麼就做什麼好，
不必勉強自己。

好酒的定義，就是又好喝又便宜

我們從前喝日本酒，哪管那麼多，有酒精就是。很奇怪，每一瓶都好喝。一點八升的，一下子就喝完。

經濟起飛的一九八〇、九〇年代中，出現了所謂的「大吟釀」，日本人看到法國紅白酒那麼值錢，眼紅，非製造出貴酒來賣不可。

「大吟釀」為什麼身價百倍？主要是因為浪費。有些暴發戶酒商，認為米粒的外層蛋白質和脂肪含量多，影響酒味，就把它削掉。

削掉三十巴仙，剩七十巴仙的叫「純米酒」，加了酒精的叫「本釀造酒」。

削掉四十巴仙，留六十巴仙的是「特別純米酒」，加酒精的分別稱為「吟釀酒」和「特別本釀造酒」。

削掉一半的，就是「純米大吟釀酒」，加了酒精的叫「大吟釀」。

有一些傳說，米在蒸成飯時發出的香味一下子就消失。日本人發明了一種機器，在米發出蒸氣時吹出冷風，把氣體凝固，掉落回飯中，這才是「大吟釀」的香。

沒親眼看到。不過，「大吟釀」要冷喝是事實。

總之，我們喝日本酒，最先分別出它是「辛口」還是「甘口」。前者較辣，後者甜。日本人認為經濟大好的時候才流行喝辣酒；經濟一衰退，人人苦口苦臉，還喝什麼「辛口」？當然流行甜的。

辛口和甘口我都喜歡，不嗆喉的就是好酒。好酒的定義，和食物一樣，應該基於又好喝又便宜，「大吟釀」已失去這資格。

而且所有「吟釀」酒，都是後來才把酒精加進去的，當然沒有自然釀出的那麼好。「大吟釀」一瓶七點五升的要賣到一千元港幣以上。有些香港人不會喝，還叫餐廳燙熱了喝，香味全失。

真正會喝的人，只欣賞未削過的米釀成的所謂「普通酒」，不去碰造作的「大吟釀」。

酒除了味道，還需要一份豪氣

另一瓶甜甜的、喝多了醉人的酒，就是中國的「桂花陳酒」了。

什麼？才賣幾十元港幣一瓶？很多朋友都不相信那麼便宜，覺得那麼美味的酒，不可能只是這個價錢。

我上「鹿鳴春」吃飯，最喜歡叫這種酒。錢是另一個問題，主要是和魯菜配合得極佳。夏天到了，加些冰塊，再貴的洋酒也比不上，莫談那數萬元一瓶的陳年茅台了。

最初接觸，是十一二歲時的事，小孩子也喝不醉，媽媽沒有阻止過我多添幾杯，喝至那種微飄飄的感覺，記憶猶新。

這酒已有兩千多年的釀造歷史，從前老百姓是喝不到的，因為只有深宮禁苑中才有。中華人民共和國成立後把祕方拿出來，交給北京葡萄酒廠，用含糖十八度以上的白葡萄為原料，配以江蘇省吳縣的桂花，同時加入被乾隆皇帝稱為「天下第一泉」的玉泉山水釀製。

當今大量生產，有沒有那麼嚴謹不知道，但色澤金黃，晶瑩明澈，香氣撲鼻，在海內外的酒會中都得過不少的獎。

好酒並不一定是貴的，在北京喝的二鍋頭，便宜得幾乎沒有人去做，也是吃京菜時必備的。我一篇文章提到，義大利的瑪絲嘉桃（Moscato）一瓶才兩百元港幣左右，不遜萬元的名牌香檳。

飲者方知，酒除了味道，還需要一份豪氣，一喝千斗，才算過癮。起初淺嘗，遇到知己，便來牛飲。

幾萬到數十萬元一瓶的名牌酒，能那麼喝的話，我也接受。不然，快點站到一邊去。

每一個飲者都有一個美夢

喝酒的人，自然愛上酒杯。

自古以來，由青銅至琉璃杯子，數不勝數。「金甌」是黃金的酒器，「玉樽」是玉製的杯子，「銀瓶」為白銀製造。還有只聞其名不見其物的「夜光杯」呢，夜裡能自然發光的，大概只有一個「波爾錶」吧？

最雅致的應該是「荷葉杯」，摘下剛剛露出水面攏卷的新鮮荷葉，用玉簪從葉心到荷莖中扎一個孔，然後把酒注入，從莖底吸飲，風流之至。

不過一般酒徒注重的只是量，酒杯越大越好。名稱各異，有觶、觚、觥、爵、角、海等，哪一個是最大的呢？怎麼大都不夠，真正的酒徒，杯子是不能滿足的，要從盛酒器的壺、卣、斝、盉、卮、罍、缶、罌、瓿捧上來喝，才是最高境界。

最大的酒器應該是「甕」，元代宮廷裡有個黑玉酒甕，直徑四尺五寸、圓周一丈五尺、高二丈，能盛酒三十多石。

一石當今算來是多少？沒有準確地量過，古時候的計量單位很抽象，春秋戰國時代已有升、豆、區、釜、鍾五種，一般以四升為一豆、五豆為一區、五區為一釜、十釜為一鍾。以此算來，千鍾合一百萬升，等於一千立方公尺，而一立方公尺的水重量是一噸，古人說堯舜能喝千鍾，那就是說他們能喝一千噸酒了。

劉伶說他一飲一斛，一斛等於十斗。孔子也能喝百觚，就算他的學生子路酒量不好，也喝十斛，比劉伶厲害。原來教我們做人的孔子也是酒徒，為什麼還有人反對喝酒？

酒量大的人不少，誰最厲害，至今還未分出一勝負，有的一下子鯨飲，有的一喝數十年，我們只管叫他們為酒仙、酒聖、醉龍、醉樵等，沒有冠軍。至於最過癮的喝法，還是首推唐代的方明，他脫掉衣服跳進酒缸裡，沐浴而出，是每一個飲者的美夢。

好一個「喝到死為止」，乾了

還是家父的一位朋友可愛。

年老喪偶，身邊還是帶著一個三十出頭的女人，快活逍遙。

「哪裡找來的？」父親問他。

「酒吧。」他說，「我問她一個月能賺多少，加倍給她。每個月當成領薪水，同樣上班，不必熬夜。」

「兒女不反對嗎？」家父問。

「我有一個兒子、一個女兒，把家產分成三份，兩份給了他們，算是公平了吧？錢是老子賺的，他們有什麼話說？」

每個禮拜天早上，他把這個女的帶到我家，和父親談詩詞，喝工夫茶。那女的對這兩種東西都沒興趣，坐在一旁。

我看到後，跑進廚房泡了一杯咖啡給她，當她是正室那麼恭敬。

「我做的都是一些醜事，」她說，「為什麼你對我那麼好？」

「你是世伯的女祕書嘛。」我說，「什麼叫醜事呢？」

她笑得很開心。

喝完茶，照慣例到一家大排檔吃飯，時間還早，別人在啃麵包，我們已經叫了十個菜，大魚大肉。母親從皮包中拿出自備白蘭地，倒一大杯給這位世伯。

「來，喝到死為止。」他說。

「最怕死不了，爆了血管不知怎麼辦！」身後傳來一個女人的聲音，原來是他兒子帶了媳婦來參加。見到公公，劈頭就沒一句好話。

「不必你們操心，有什麼三長兩短，這個女人自然會照顧。那邊有空位，你們坐到另一桌去！」世伯一邊喝酒一邊說，那兩人夾著尾巴走遠。

我看了也豪氣大作，向母親要了一杯，敬這位世伯：「好一個喝到死為止，乾了！」

願你我，都做喝酒的人

「從前再多喝三瓶白蘭地，也醉不了我！」有人說。

這種想當年的事，最好不開口，講出來就被人家笑，你當年我沒看到過，怎麼知道？

「來來來，乾一杯！」

遇到有人勸酒，高興就喝，不高興就別喝，管他呢。

「中國人才不吃這一套，千萬別讓他們知道你能喝，不然一定灌到你醉為止。假裝不會喝最好，說自己有病也行。」友人說。

假的事做來幹什麼？能喝多少是多少。不能再喝了，對方也不至於那麼野蠻來逼你。

「你不了解的，和他們做生意一定要喝醉，我上一次和他們乾了五瓶五糧液，才接了三百萬元訂單回來。」友人又說。

喝壞了身體，淨賺三百萬元又如何？

鬧酒的心理，完全來自好勝，認輸不是那麼難接受。第一次認輸，第二次臉皮就厚了。

喝酒的人，從來不必自誇酒量好。

而什麼叫喝酒的人呢？

那就是每喝一口都感覺到酒的美妙的人。喝到沒有味道還追著喝，就不是喝酒的人，而是被酒喝的人。

大醉和微醺是不同的，前者天旋地轉，連黃膽汁都嘔吐出來，比死還要難受；後者心情愉快，身體舒服到極點。

大叫「我沒醉、我沒醉」的人，一定是醉了，不讓他們喝，他們就先跪地乞酒，接著恐嚇你沒朋友做，這種人，已經酒精中毒。

我一位叫周比利的朋友，就是這種被酒喝的人。他長得高大，又相當英俊，年輕時當國泰的空中少爺，後來做到主管。

早前聽到他逝世的消息，心中難過，現在想起，寫這篇東西。

願你我，都做喝酒的人。

請自己喜歡的花喝酒

我很頑固地只愛牡丹。不過季節短，也罕見。其他時間，我很喜歡白蘭，薑花一樣。玫瑰是次次選。終年出現的玫瑰，等到其他花不見時，才會找她。

菊花則只供先人。

百合最討厭，發出來的那股俗不可耐的味道，如聞腐屍。從來不覺百合美麗，不管她以什麼形態或顏色出現。

到了夏天，我愛蓮。牽牛花也不錯，名字太怪，還是稱之為朝顏好。

至於蘭，太熱帶了，像天氣一樣單調地不變化也不凋謝。不凋謝的花沒有病態，太健康了並非我所好也。

環保人士反對把花剪下來插入花瓶，我倒沒有這種罪惡感，花不折也垂死，將她們的生命最燦爛的那一刻貢獻給愛花人，有什麼不好？

家中花瓶大大小小數十個，巨大方形玻璃的用來放向日葵，中等大的插牡丹或薑花，小的留給茉莉。

買薑花時，老太太常用刀把莖切一個「十」字，令吸水力更強。這做法很有道理，延得多長，全靠它。除了「十」字，有另外種種方法。一、削皮式，把莖部表皮切口，抓住，往上撕。二、乾脆在水中折斷，也簡單了當。三、斜切。四、用鑽槌把莖底敲爛。五、燃燒法，用噴火器把莖底燒成炭。別以為這種方法太劇烈或太殘忍，燒過切口的導管會更快速地吸收水分，而且活性炭會隔掉水中的雜質。

用的水也有幾種，我家過濾器的水不只用來自己喝，也分給花享用，兩種水一比較，我知道它的功力。冬天用溫水浸花也是辦法，有時還可以加一點酒精。

植物切口處會流出樹液、油脂等，令水被汙染。對付它，只有請花喝酒。

來，乾一杯吧。

借醉裝瘋也是件樂事

電台和雜誌的幾位很有才氣的小姐問我：「我不會喝酒，你那麼喜歡，請你告訴我喝酒的好處。」

我的回答總是一樣：「向一個不會喝酒的人解釋喝酒的樂趣，就像男人拚命說明哪一種剃鬍水最好，女人永遠不會了解，也不可能了解。」

小姐們還是不放過，打爛沙煲問到篤（即打破砂鍋問到底）：「那你的意思是說，要我們先喝酒才懂得個中樂趣？」

「對。」我說，「一定親身試過才知道。」

「我一喝，頭就咚咚作響，痛得要命。」

「那你是天生對酒精有不良反應，我勸你別再試。」

「頭痛我倒不會，但是我喝了一口，覺得苦苦的。怎麼說得上好喝？」另一位女士說。

「第一口苦，第二口淡，第三口香。酒慢慢嘗，就能嘗出滋味，而且微醉那種感覺，是形容不出的舒服。」

「剛學會喝，萬一爛醉了不是很蝕底（粵語方言，指吃虧）？」女的驚慌。

「那麼可以跟媽媽、姐妹、兄弟開始學起。」我說，「放膽地喝，盡情地喝，喝醉過一次，以後就會喝了。最好在於飄飄然、語喃喃時停止，醉到作嘔就不愉快。如果不和家裡的人喝也可以，找一個喜歡的對象，喝醉了乘機給他，我們喝酒的人稱之為『借醉裝瘋』，也是件樂事。」

男人和婚姻一樣，都是那麼無聊

聽到一些消息，見到本人，就問道：「有人說你已經離婚，還大肆慶祝，是不是真的？」

「沒有結，何來離？」她反問。

「大家都以為你們是正式夫妻。」

「沒錯，這消息是我放出去的，出來工作的女人，有了婚姻，談生意時對方會更尊重一些，所以找到了那個男的之後，就對人說我結了婚。」

「那你不是真心愛他的？」

「真心，真的真心。我愛他。」

「那為什麼分手？」

「在一起之後，我發覺他完全變成另一個人。我是和那個變的人分手，我愛的仍舊是我剛認識的那個人。當時我宣布結婚，就等於嫁給了他。不過，我認為不必去辦那些煩死人的手續而已。」

「你說服得了那個男的？」

「大家都是年輕人，大家都相信愛情的偉大。情到濃時，說什麼都好。」

「你現在才幾歲，怎麼說話那麼老氣橫秋？」我批評道。

「不是老氣橫秋，是現實。」

「你不怕人家在背後說你是一個離過婚的女人嗎？」

「怕呀，但是正式結過婚後離開對方，和沒有結婚而分手，根本就是同一件事，怕也怕不了那麼許多了。」

「有沒有一份傷感？」

「傷感只是和交往時分開一樣，並沒有失婚女人那麼嚴重。雖說只是一張紙，不過那張紙不輕呀，我現在放鬆得多了，以後要是找到一個合適的，再正式辦手續也不遲。他也會認為我沒結過婚，對我看重一點。男人和婚姻一樣，都是那麼無聊的。」

男人和女人各自不可抗拒的魅力

有則外電報導，說英國的一項研究，訪問了四千名男女，各自列出異性二十種最不可抗拒的魅力，結果女的認為男性的微笑最厲害，而男的認為女性的身材是最難招架的。

哈哈哈哈，微笑誰不會呢？而女性的身材，不喜歡起來，多好也沒用呀！

在男性的二十種魅力之中，我跑到浴室去照照鏡子，自問自答：第二的幽默感，我認為自己是有的。其實大部分拿肉麻當有趣的男人，都以為自己擁有的是幽默感。

第三的體貼，那要看對方是什麼人，有些八婆陰陰濕濕（粵語方言，形容人陰險），奄尖夾腥悶（粵語方言，形容人尖酸刻薄），怎麼去體貼？

第四的慷慨，當今我有點條件。我做窮學生時也頗慷慨，有朋自遠方來，拚命請客，他們走了之後，熬一個月吃泡麵的事倒也是有過。

第五的聰明，我自認缺乏。

第六的親切，和第三的體貼一樣，視人而定。

第七的懂自嘲，那是我無時無刻不在做的。

第八的放肆和調皮，我與生俱來，到了這個年紀，還在搗蛋。

第九的愛家庭，自問我孝心十足。

第十的健康體魄，全不及格。我這種抽菸喝酒不運動的人，談什麼健康體魄呢？

第十一的專注，我只對自己喜歡的事物專注，念書時數學沒及格過。

第十二是眼神有時間長一點的接觸，我也有。別誤會，那是因為我老花眼。

第十三的熱情，這我已經退化了。

第十四的強壯臂彎。又不是大力士，有什麼好？不如以持久來代替吧。

第十五的對小朋友友善，那是應該的，但對那些又醜又作怪的小鬼，怎麼偽笑得了？

第十六的積極，是我做人的態度，受之無愧。

第十七的穿西裝有型，那是由別人來判斷，自己怎麼認為自己有型，都是假的。

第十八的自信，我每天都在學習新事物，累積下來，活到了這個階段，才有一點。

第十九的寬闊肩膀，有了又如何？

第二十的留有鬍根，那還不容易，幾天不刮鬍子就行。當今留了鬚，算不算在裡面？

至於男性認為女人不可抗拒的魅力也有二十條，第一的美妙身材，對我，並不重要。

第二的乳溝，有些我還不屑一顧呢。太大的胸部，也讓人聯想到每一個部位都大。

第三的幽默感，啊，的確有魅力，這是我要求女人必備的條件。

第四的咧嘴而笑，要看對方牙齒整不整齊。

第五的逗人發笑，是醜女最大的武器，連這個也沒了，就失去了求偶的希望。

第六的絲襪和吊襪帶，有更好，沒有的話也不影響性的衝動。

第七的可愛傻笑，很好呀，有些時候，少一根筋的女人笑起來的確可愛。

第八的香味，最好別用廉價的香水。一個攝影師曾經問我，女友身體很臭，怎麼辦？我回答說愛上就不覺得了嘛！難道你要把羊奶起司洗了之後再吃嗎？

第九的懂得自嘲，那是幽默感的一部分，是重要的。

第十是可靠，有哪個女人可靠了？沒聽過「天要下雨，娘要嫁人」這句古話嗎？不害你已經謝天謝地，其實男人也是一樣。

第十一是短裙，當然比遮掩起來好看，但也要看對方的腿粗不粗才行呀。

第十二是長靴，那也要看她們的腿長不長呀。那些有受虐狂傾向的男人，會特別喜歡吧，我看到滿街都是穿長靴的矮肥女人，有點倒胃口。

第十三是鄰家女模樣，這最騙人了。和鄰家女青梅竹馬，沒上過戰場的男人，一碰到更好的，就臨老入花叢。

第十四的是愛搞鬼，不錯不錯，調皮搗蛋的女子，總好過死板的。

第十五是長腿，這我舉手贊成，但要配上腰短才行，東方女人多數是相反。

第十六是樂觀，其實不應該排在第十六，排在第二三才對。

第十七是好的聆聽者，這也很不可靠，起初也許扮得出，女人與你混熟後，多是喋喋不休的。

第十八是知性對話，很重要，總不能老是性愛，那會脫皮的。

第十九是凝視的眼神，那是她們拍照片時的招牌貨色。

第二十是善於理財，這不是什麼魅力，是她們天生的。

最後，覺得很奇怪，互訴對方的魅力，怎麼不提有沒有錢？真那麼清高嗎？大概訪問的對象，都是有情飲水飽（粵語俗語，意為有情人喝水都覺得滿足）的十七八歲的青年人吧？

男人的缺點既可惡又可愛

讀者瑪麗繼續電郵來些歷數男人缺點的英文資料，照譯不誤。

男人像香蕉，放得越久越軟。

男人像假期，永遠不悠長。

男人像香菸，喜歡的人不介意聞它的味道，討厭的就受不了。

男人像紅酒，自稱越老越醇，但多數中途變質，成了醋。

男人像打火機，名貴的越來越少，當今的多數是即用即棄。

男人像拖拉機，個性永遠拖拖拉拉。

男人像汽車，新款的很標青（粵語方言，形容人出眾），多幾年，看了就不順眼。

男人像單車，不踏不會動。

男人像摩托車，一樣吵。

男人像火車，永遠想多拖幾個車廂，結果越走越慢。

男人像飛機，就算繞了地球一圈，也要繞回原地。

男人像馬桶坐墊，要坐久了才會熱起來。

男人像豬，有肚腩的才夠肥，吃起來才好吃，太瘦的沒有味道，也沒錢給你花。
男人像魚，永遠是漏網的那尾最好。
男人像運動鞋，穿久了很臭。
男人像面紙，一張用過一張，才乾淨。
男人像果汁機，家裡一定買一個，用完洗起來很麻煩，所以很少用它。
男人像電視廣告，重複又重複，所賣的東西，不太可靠。
男人像算命先生，常說的一些事，一點也不準。
男人像停車場，好的位置多數被人占去，剩餘來的，只是傷殘人士用的。

給女人的關於男人的十三條忠告

一、千萬別幻想你可以改換男性的個性，你能更換的，只是他在做嬰兒時的尿布。
二、當你的男朋友離家出走時，你能做些什麼？把大門關上，永遠別讓他進來。

三、要找男人，隨便找一個好了，別分年輕的或年老的，他們都一樣，不會成熟。
四、所有男人都一樣，只是臉不同，方便你認出他是張三李四罷了。
五、不必把男人當傻瓜，他們本身已經是一個傻瓜。
六、猶太人的子孫在沙漠浪蕩了四十年，可想而知，甚至在《聖經》的舊時代，男人已經沒有什麼方向感。
七、有幽默感的女人，不是會說笑話的女人，而是聽了男人講話時笑得出的女人。
八、當你的男性上司對你說：「你看起來一點也不忙嘛。」
你儘管回答：「那是因為我每辦一件事，一辦就辦妥了。」
九、如果男人問你「你的電話號碼多少」，你儘管回答：「要是我告訴你，我就要換新號碼了。」
十、如果男人問你「你住在哪裡」，你儘管回答：「要是我告訴你，我非搬家不可！」
如果男人問你「你想念我嗎」，你儘管回答：「你不消失，我怎會想念你？」
十一、如果男人要求「把我的早餐拿到床上來吃」，你儘管回答：「那你去廚房睡覺好了。」
十二、如果男人問你關於書的事：「你最喜歡看的是哪一部（簿）？」
你儘管回答：「支票簿。」
十三、如果要叫男人做一件事，最好的辦法是對他說：「這件事你做不動，你太老了。」

有趣的女人最可愛

很多人以為我身邊常有美女相伴，樂事也。其實有些美女不化妝，嚇死人的。不知怎麼回事，她們總會變成臉色又黃又綠，別以為我在誇張，的確是青青的。眉毛又不知道什麼時候剃得短短的，或者拔了一截，剩餘兩點，有點像日本古裝片中的扮相，張開嘴不知是否滿口黑齒。

一起工作的美女，有些是別人安排，並非自選，到了機場才第一次見面。左等右等，終於看到一個女子出現，怎麼看都不像明星，一定是保姆了，上前打招呼：「你是不是某某人的……」

好在對方聽到一半，已經點頭，高興地回答道：「我就是某某人，你一看就認出我了！」

不過相貌倒是其次，和這些女了聊聊天之後，覺得很容易相處，越看越順眼了。最難消受的是全無反應的女人。

跟我們到國外出外景的一個，六天之中，除了工作，整日躲在房間裡不出來。

「為什麼不去購物？」我們問。

「這種地方能買到什麼？」她說，「香港的貨比這裡都齊全。」

說得也是，再問道：「為什麼不去飯店的健身房做做運動？」
「那些機械落後得很，做了扭到腰也說不定。」她又說。
「出去找東西吃呀！」我們差點放棄了。
「減肥。」她回答得乾脆。
「這麼多天，在房間不悶嗎？」
「不悶。」她說，「有書看呀。」
眾人即刻肅然起敬，但是迷得那麼厲害的，也不會是《紅樓夢》吧，那麼一定是金庸小說了，問道：「看哪一本？《射雕英雄傳》《鹿鼎記》？」
她懶洋洋道：「帶了兩本《老夫子》（漫畫書，風靡華人世界近半個世紀），還沒看完。」

娶一個有錢老婆，你失去的會比得到的多

年輕的友人又問我關於娶個有錢老婆的意見。

我不知道，我從來沒有娶過有錢老婆。不過，我的忠告是一旦結婚，必得屈服，不管你老婆有沒有錢。

男人一結婚便失去了他原有的一切，包括他的自尊心，因為女人會把他當成財產的一部分。

女人始終要管理男人的，這不是她們的錯，而是她們天生下來的本性。一切家庭，最後大多數是女人變成一家之主。天真的少女，年紀一大，就是慈禧太后。男人總是投降，因為他們已經疲倦，不想再吵。接受，是最聰明的辦法。你有沒有看到柴契爾夫人的丈夫，跟在他老婆後面像個跟班，他才是一個真正懂得如何做男人的人。

時代已變，男人開始要學會做「家庭主公」，雖然家裡有一個菲律賓工人，但是女人的指令還是要聽的，做這個做那個。女人喜歡把自己的丈夫當成小孩子，當成白痴：穿這件衣服，打這條領帶。一切都是關心你嘛，她說。

你問我娶一個有錢老婆和一個沒錢老婆的分別，其實沒分別，有沒有錢，到最後她們還是波士（粵語俚語，指老板、上司）。唯一不同的，是離婚的時候你沒好處，她會花更多的錢請一個律師打贏官司。

活得不快樂，長壽有什麼意思

「別吃那麼多肥膩的東西！」

「喝酒會傷身的！」

「抽菸危害健康！」

「少吃鹹的！」

忽然之間，你身邊的人，男男女女老老少少，都變成醫生。

再也不能愉愉快快吃一頓飽的，舉筷之前，總有「醫生」囉嗦。

再也不能痛痛快快喝一回夠的，倒酒之前，總有「醫生」叮嚀。

再也不能舒舒服服抽一支菸了，點火之前，總有「醫生」勸告。

當然，都出自好意，我知道，謝謝各位的關心。但是既然扮起醫生的角色，就要有一點醫學常識，不能道聽塗說。

吃肥膩的東西？兩個雞蛋的膽固醇已高過半碗豬油，自己拚命吃蛋而勸人家別吃回鍋肉，自己就要注意了。

喝酒會傷身？西醫卻叫病人臨睡之前來杯白蘭地，其實也不必他們來教，法國人早已告訴了你。

抽菸危害健康？因人而定。我老爸一直抽到九十歲做仙人去，我想他還在繼續吞雲吐霧吧。人體之中有一個自然的剎車，不舒服了，自然停止。我近來酒少喝了，就是這個原因，已經不是一個小孩子，懂得自制。

要扮醫生的話，請扮心理醫生，用音樂來治療，用繪畫來診斷。耳根清淨，更是治療病痛的最高境界。勸喻病人，最好帶點禪氣。活得不快樂，長壽有什麼意思？

看開一點就沒事，我常扮專家告訴我身邊的友人，不知不覺，也成了「醫生」。

別老是講而不去做

友人搭遊輪在亞洲地區數日遊，價錢便宜得讓人難以置信，回來後說吃得很豐富，各地風景優美，招呼好，表演有看頭，房間整理得十分乾淨，讚不絕口。

「但是，就是受不了其他八婆，像在菜市場討價還價那麼吵！」他們說。

當然，人活在世上，都是有條件的。

澳門賭場也是一樣，大眾化的地方，喧譁是必然的，和蒙地卡羅比，畢竟不同，人家那邊出入穿晚禮服，賭客神態悠閒得多。

要求更舒適的海上旅行，可搭美國遊輪，衝出亞洲，去夏威夷和墨西哥。接下來是地中海或大溪地等。但是美國遊輪在有些人的眼中還是不夠高級，那就要搭義大利或英國人的船，得到的享受更上一層樓。

什麼船都好，已比不上從前的。當年的海上旅行搬上去的行李棺材那麼大，衣服一件件掛在箱中，才不會產生褶皺。萬一遇難，把行李扔在海上，還可以當成浮箱，因為它是密封的。曾經有一段時間，遊輪是個老死的行業，大家都坐飛機去了。

後來一齣《愛之船》（*The Love Boat*）電視劇集捲起了潮流，又托了《鐵達尼號》的福，遊輪的樂趣才被推上高峰。這部講沉船的電影沒把觀眾的膽嚇破，反而招徠大批的旅客，也是造化。

沒有搭過遊輪的人，總對這種旅行有一份憧憬。一生之中，一定要試一次！

試就試吧，可從亞洲地區數日遊開始，坐過了才有資格說喜歡還是不喜歡。

做現代人的好處是有很多東西唾手可得，從前我們吃壽司，貴得要命，不是人人走得進生魚舖，當今有了迴轉壽司，可以輕易嘗試。

最重要的是別老是講而不去做，如果只在沙發上幻想，那麼不要搭遊輪，坐宇宙飛船去。

想做什麼就做什麼，快快樂樂

運動，本來是件好事。不必花錢，在公園做做體操，或街頭散步，隨心所欲。

但是基本的東西往往遭受商業社會破壞，運動已經貴族化了。

你看你身上穿的名牌運動衫，一件多少錢？還有那雙像唐老鴨女友穿的大鞋子，什麼空氣墊，一雙上千，連綁在額上的頭箍，都要幾百。加起來，是一副身家。

本來免費的運動，一進室內就要收錢。參加健美會，先付一筆錢，分十次用，去了一兩次，覺得辛苦，結果不了了之。

室內健身房開在某某大廈的二樓，一大排玻璃櫥窗，說是讓參加者看外面，其實是要人來看。她們多數是體胖如豬、臉也同型的女人，還自以為是香港小姐，看了讓人嘔吐都來不及。

目前已沒有真正的明星，詹姆斯·狄恩和瑪麗蓮·夢露的時代已過，代之的是歌星和運動健將。只要在體壇上出名，錢財即刻滾滾而來。他們的經紀人要錢要得越來越多，結果運動明星都成了怪物。

足球場、籃球場的建築，比小學、大學還重要，美國許多都市的運動場，用不到二十五年即拆掉，花大筆錢去建新的，排汙系統卻是越用越舊。

當今的體育已經失去本來的意義，大家盲目崇拜。孩子們不用讀書了，家長鼓勵他們玩運動。

我從小討厭運動，常因體育課不及格而要留級，要換學校。

我一向認為身體健康很重要，但是思想健康更不能缺少。

還是快快樂樂，想做什麼就做什麼好，不必勉強自己。

要做什麼就要做得最好

不必避忌，我們這群寫作人，都有強烈的發表欲。

就算你是一位所謂的「純文學」作者，雖然曲高和寡，到最後，也希望有個伯樂，不然寫來幹什麼？

既然要寫，當然認為越多人看越好，我最近還寫一種叫「微博」的玩意，越玩越勁（粵語方言，形容厲害），有點不能自拔。

為什麼要上微博？它又是怎樣一個東西？電腦上發明了「部落格」，要發表長篇大論的文章，我一點興趣也沒有，這與我性子急有關，如果寫，乾脆賺稿酬，何必做免費的無聊事？

微博不同，只要一百四十個字，很適合我這種人，當西方有了Twitter，我就想參與，但我始終是以中文書寫的人，希望以母語發表。

我一開始加入新浪微博的時候，就講明不談政治，專攻美食和生活方式，這樣也可以省掉許多唇舌，不必和政治觀點不同的人做無益辯論。

看微博的人，叫粉絲，他們可以在網路上加入「關注」一列，那麼以後我發表的任何文字，都會自動跳到他們的網頁上。

對「粉絲」這個名稱我不以為然，寧願稱之為「網友」。我的網友，都是一個個賺回來的，得來不易。

我相信要做什麼就要做得最好。我的微博網站，雖然做不到，但我是一個最勤勞的發表人，至今發出的微博已經有一萬一千四百九十四則。

而網友人數，從數十到數百，二〇〇九年十二月十四日開始，慢慢儲蓄，幾百變幾千、幾萬，至寫稿的這一刻，正式數字，有三十八萬兩千零五十八。

沒有價値的東西，才是最好玩的

每次搬家，都後悔此生購物太多，不知如何抛棄。

但是有些賞心悅目的，帶來的歡樂無限，像眼前的這個煙灰盅，白底藍花，而藍色的變化無窮，工又很細，雖然出自匠人的手藝，但不遜於藝術家作品，從土耳其買回來的。

到底花了多少錢，已經忘記。貴是貴了一點，購入當時，猶豫了一下下。如果在那刹那間沒有下手，就得不到如今的快樂。所以購物，非心狠手辣不可。

看到了即刻動手，要不然，回頭被人家買去。或者對自己說等一下再來買，往往會發現等一下已沒有了時間回頭，這個等一下，是歡樂的殺手。

東西是否有價值，這不是最重要的問題。沒有價值的東西，才是最好玩的。

「總得有一個衡量呀！」有人說，「你教我一個購物的標準好不好？」

勉強的答案是這樣的：以一天的報酬計算。

這張地氈要花一個月的工夫去織，如果你覺得很喜歡，那麼花四千塊港幣買就差不多。因為在香港一個人的最低月薪有四千塊港幣，這已經是夠本，萬一它有歷史或藝術家的價值，那是其餘的收穫。

「人家那邊的平均薪水最多兩千塊！」友人指出。

是兩千還是三千，你一計算，已經迷惑，就買不下手了。以香港報酬作為標準，至少是人權尊重。

但是也買了不少廢物，有些東西在當地當時看來有趣，沖昏了頭腦買下回家一擺，才知道是醜惡的，那麼快點送人或丟掉。

也不必為了花那麼多錢而可惜，走眼的例子總是有的。人生最大的走眼，大不過身邊的先生或太太。

貓的可愛處最多

弟弟蔡萱，愛貓之人也。

養貓來自他太太的主意，先重金購入一隻雌的波斯貓，後來說不如再買隻公貓，也是純種的話，就可以繁殖後代，賣了賺錢。人算不如天算，那隻公貓似乎有同性戀傾向，對雌貓興趣不大，只喜隨著野貓兄弟遊蕩，貓老婆唯有外遇，生下雜種。

生殖力實在太厲害，雜了又雜，後來變成五六代同堂，家中之貓有的已叫不出名字來。但越看越可愛，已忘記原來之目的，多多益善。

「為什麼不把公貓閹掉？」有人問。

弟弟的反應總是牠們投胎當貓已不容易，閹掉了太不「貓道」，一向回答友人：「把你也閹掉，如何？」友人之中，有幾個非常怕貓。一位是女導演，有一天要拍幾隻貓的戲，她叫副導演幫她擔了一架梯子，自己爬上了最高處才敢工作。

另一個是麻將搭子，一次打到一半，貓兒偷溜入房，在他腳旁擦過，此君立刻嚇得大力彈起，把麻將桌椅全部推倒，被其他三人大罵一場。弟弟說：「他們不喜歡貓的程度，和我愛貓的程度相同；他們不明白我為何愛貓，我也不了解他們為何不喜歡貓。」

家中貓兒活動範圍有三處：一、在弟弟的臥室，是貴族。二、在客廳，是平民。三、在屋外的花園，是流浪者。

弟弟對人從不分階級，對貓兒亦然，認為牠們物以類聚罷了。

住臥室的貓，有一次將弟媳的手提包抓破了，被她趕出去，由貴族降為平民。

「貓的可愛處最多了，」弟弟說，「只要看牠們睡覺的姿勢，已經大樂。有的四腳朝天倒頭，有的縮成一個西瓜，有的伸長四肢做伸懶腰狀，有的攬著毛線球當抱枕，你說怎能不愛？」

我開始有點了解他的心態，但自己不會養，只能隔牆觀賞。

不管什麼貓，小時候總是美麗的

弟弟家裡三十多隻貓，每一隻都能叫出名字來，這不奇怪，天天看嘛。我家沒養貓，但也能看貓相，蓋一輩子皆愛觀察貓也。

貓的可愛與否，皆看其頭，頭大者，必讓人喜歡；頭小者，多討人厭。又，貓晚上比白天好看，因其瞳孔放大，白晝則成尖，有如怪眼，令人生畏。

眼睛為靈魂之窗，與人相同。貓瞪大了眼看你，好像知道你在想些什麼，但我們絕對不知貓在想些什麼，這也是可愛相。

胖貓又比瘦貓好看。前者貪吃，致發胖；後者多勞碌命，多吃不飽，或患厭食症。貓肥了因懶惰，懶洋洋的貓雖遲鈍，但也有福相；瘦貓較為靈活，但愛貓者非為其好動而喜之，否則養猴可也。

惹人愛的貓也因個性，有些肯親近人，有些你養牠一輩子也不理你。並非家貓才馴服，野貓與你有緣起來，你走到哪裡牠跟到哪裡，不因食。

貓有種種表情，喜怒哀樂，皆可察之。喜時嘴角往上翹，怒了瞪起三角眼。哀子之貓，仰天長嘯；歡樂的貓，追自己的尾巴。

貓最可愛時，是當牠瞇上眼睛時，瞇與閉不同，瞇時眼睛成一條線。

要令貓瞇眼，很容易，將牠下頷逆毛而搔，必瞇眼。不然整隻抱起來翻背，讓牠露出肚皮，再輕輕撫摸肚上之毛，這時牠舒服得四腳朝天，動也不動，任君擺布。

不管是惡貓還是善貓，小的時候總是美麗的，那是因為牠的眼睛大得可憐，令人愛不釋手。也許這是生存之道，否則一生數胎，一定被人拿去送掉。要看可愛的貓，必守黃金教條，那就是牠為主人，否則任何貓，皆不可愛。

每天都要吸收貓能量

日本當代名貓，代表性的有兩隻，是和歌山貴志驛的站長「阿玉樣」，另一隻是網路上最多人追捧的「小八」（Hatchan）。

兩隻皆為日本土種截尾貓，阿玉是黑白間著一些褐毛，而小八只是黑和白，最大特徵是右耳缺了一個口，那是在神戶的公園中和其他野貓打架打出來的。

要認阿玉更容易，當今已掛著一個胸牌，戴著一頂車站站長的小帽子。出生在車站附近的野貓，和媽媽一起抱來養大，從小學習當車站職員的工作，正式就職站長三年，被地方政府封為「樣」（Sama），在和歌山那個縣，受政府勛爵的人才可以叫「樣」，大家與牠見了面，都要「Tama」「Sama」那麼稱呼，實在是人人物一個。

做站長也得有個助手，阿玉樣的助手就是牠的母親，名叫「千之風」，因為年長，做不了站長，只當助手，最近去世了，人們請和尚來為牠念經，並做七七四十九日拜祭。助手在日文叫「助役」，千之風被封為「永久助役」。

車站有隻當值的貓，引起群眾注意，紛紛拍照，一下子出了名，無數的電視台也爭著來報道，就連外國的攝影隊也殺到。法國更以阿玉樣當主角，拍了一部關於貓的電影，二〇一〇年夏天上映。

觀光客帶來的收入，一年有十一億日圓。車站大售阿玉樣的紀念品，最近的有碗碗碟碟，皆畫上貓，又有阿玉樣的足印，以示正貨。

附近的岡山當寄生蟲，借阿玉樣的樣子畫在電車上，藉此希望更多人乘坐。也不是全為了生意，在市中心有畫著阿玉樣的紅色腳踏車出租，希望遊客減少乘坐巴士或計程車，有助於環保。

外國的愛貓人士一聽到有位貓站長，也特地跑去看，香港的友人也和阿玉樣拍了照片回來。今年牠已經八歲了，雖然沒有醫學證明，只是大約猜測：貓一歲，等於人八歲。那麼一算，阿玉樣已有六十四歲，有時也會疲倦，不上班了。

專程去的人看不到阿玉樣，好生失望。其他車站的工作人員想出一個好辦法，弄個大黑板當大字報，讓人發言，或紛紛寫上祝福的話展示在黑板上，希望阿玉樣翌日上班時看得到。

另一隻「小八」，也有八歲。七年前被一位叫八二一（Hani Hajime）的攝影家從公園接回家養，從野貓變為家貓，生活雖然舒適，但命相當苦，被主人去勢了，苦命人日文稱為苦勞人，小八是一隻名副其實的苦勞貓。

小八不必像阿玉樣那樣上班，但得當模特兒，每天給主人拍照片，刊登在網誌的部落格上，叫「小八日記」。

也是一紅通天，每日大量網友瀏覽。小八實在可愛，從頭到耳朵兩邊漆黑，額頭和鼻子是白的，兩隻綠色的大眼睛瞪著你，令人心動。

網誌是免費的，主人當然知道財路，即刻出書，有關小八的圖書已經出到第十七本了，其他有行事曆和DVD等商品，八二一先生賺個滿缽。

「這隻貓的睡態實在太壞，有時還會睡得從沙發上掉下來。」主人八二一還要訴苦，「牠又睡在我的電腦上，妨礙我工作呢。」

講貓的壞話，罪有應得。最近網友的熱潮有點減退，被叫作Ami和Shosh的一隻灰貓和一隻白貓追上，人家一個月有六十九萬三千人瀏覽，小八只有五十多萬。

貓奴也不好做，八二一每天要替小八拍照，星期天也不間斷。每天要想一些題材，最近的有小八的煩惱、小八坐在椅子上、小八向你打招呼、下午的朦朦朧朧、躲在紙皮盒中的小八等。還買了一隻假貓，讓小八騎在它身上，回憶被去勢之前的英勇。

其實，世上的貓，小時候都是非常好看的，因為牠們瘦小，眼睛就顯得特別大，又有一點可憐狀，讓人不得不想把牠抱在懷中。

一長大就開始有分別，貓的體形比其他動物，包括人類，都要小得多，所以牠們的警戒性特別高，眼睛也充滿了猜疑，看起來很凶。

跟種類也有關係，加拿大的無毛貓（Sphynx）最醜，英國長毛貓額頭上有幾道花紋，看起來像永遠皺著眉頭，令人討厭。

凡是大頭的貓，都較討好。姿態和眼神最為重要，小八最近的一張照片是坐在沙發上，一隻爪子搭在椅背上，因上了年紀，眼神已經溫和，加上那缺塊耳朵的不完美，更是一隻讓人覺得花錢買圖書也值得的貓貓。

愛一個人和愛花一樣，你會犧牲一切

很多旅遊點的資源，政府都不會去發展，九龍太子道上的花墟，是其中之一。大小花店、盆栽、插花用具都齊全，在那裡，你可以買到所有與花有關的商品，還有一家小店，賣各種草藥，走路雞雞蛋和區域泥土種出的香蕉，也很特別。

再走過去一點，就是鳥市場。黎明，這裡是金魚販賣的集中地。

停泊在路旁的貨車，載著大量的薑花，那陣幽香，是清新的。不過也有大批的劍蘭出售。一向認為劍蘭才是代表香港的花，充滿懷舊色彩，帶人到另一時空。

來花墟的人，總有一份文化氣息。朋友和我都贊同，愛花之人，好人居多。

多少女孩子，曾經做過開花店的夢。詩歌、小說、電影中，花店的女主人，都是漂亮的、好靜的、文雅的。

在墨爾本生活時，就認識過一位花店女主人，她每天清晨老遠地跑去批發市場進貨，推著輛大人力車，一點也不覺得辛苦。

「你是從什麼時候開始想賣花的？哪兒來的勇氣？」我問。

她笑了：「愛花。愛到執著時。」

道理就是那麼簡單，和愛一個人一樣，你會犧牲一切。

失敗了呢？「失敗再說吧，至少你可以說已經嘗試過。」她說。

看準了一個目標，成功率較大。比方說你愛牡丹，就專門研究牡丹，成為專家，賣得出色。別人一想起牡丹，就想起你的店。花墟裡，有很多家專賣蘭花的，都站得很穩。

太花心了，變成沒有個性。什麼都賣的店，你不會記得。

戀愛，不也是一樣嗎？人活著，有了戀愛。對方不一定是人，花也行。

我的宗旨，總是敬老

我的宗旨，總是敬老。

自己想抽菸，但是在座有年紀比我們大的人不喜歡菸的味道，那怎麼辦？

起初，我也覺得相當難忍。改變想法，即刻解決。

去一個不禁菸的地方好了，像在紐約的Nobu（松久信幸餐廳，全球有名的日本料理連鎖餐廳，深受好萊塢明星青睞）吃飯，總不能抽菸吧？到門外去，那裡也有幾個夥伴陪你抽。

想通後菸癮一來，我就往外跑，一點也不覺得麻煩或辛苦，雖然有時外面下雪。

日本是一個抽菸最自由的地方，菸草事業由政府的專賣公社經營。

但是，日本最愛跟流行，尤其是被美國人牽鼻子走，國家不禁菸，但地方政府可以下令不准吸菸。像東京禁止在銀座等幾個區抽，他們做什麼都想先走一步，美國禁菸是室內的，日本人現在在街上也不許人抽一根菸。

這次住帝國酒店，到附近的書店、文具店走走，天氣冷，有根菸多好！忽然，我從袋子裡面拿出一根菸斗吸，迎面來了一個警察，看著我，表情有點古怪，到底要抓我好還是不抓我好？禁的只是香菸嘛。

近來愛上雪茄，晚飯後在家趕稿，先抽一根Cohiba（高斯巴，古巴雪茄品牌名，切・格瓦拉最喜愛的雪茄），是好友楊先生送的。早上在辦公室，開工之前又來一根，大樂。

當今的辦公室也有很多禁菸的，為五斗米也可以折腰了，區區個把小時放棄抽菸，又算什麼？

但已到了生意做不做都不要緊的時候，很少出門，你要找我？行呀。來我的辦公室好了，不只香菸可抽，雪茄菸斗都不拘。

年輕人大多數已不抽香菸了，很好。

和他們一起吃飯，我也不抽，因為他們很穩重，感覺上比我還大，我敬老。

可以疏狂，但不要傷害他人

亦舒看了我一本書，叫《狂又何妨》，說我這個人一點也不疏狂，竟然起了那麼一個書名。

哈哈哈哈。我也不認為自己疏狂，出了七八十本書，所有書名都與內容無關，只是用喜歡的字眼罷了。

中國詩詞有一型態，也不自由奔放。到了宋朝，更引經據典，晦澀得要命。詩詞應該越簡單越好……

整首背不出來，記得一句，也是好事，豐子愷先生就愛用絕句中的七個字來作畫，像「竹几一燈人做夢」「幾人相憶在江樓」「嘹亮一聲山月高」，只要一句，已詩意盎然。

繼承豐先生的傳統，我的書只用四個字為書名，像《醉鄉漫步》《霧裡看花》《半日閒園》，發展下去，我可以用三個字、兩個字或一個字。

有些書名，是以學篆刻時的閒章為題，《草草不工》《不過爾爾》《附庸風雅》等，也有自勉的意思。

《花開花落》這本書的書名有點憂鬱，那是看到家父去世時他兒孫滿堂有感而發。

大哥晚年愛看我的書，時常問我什麼時候有新的。我拿了這本要送給他時，他已躺在病榻上。躊躇多時，還是決定不交到他手上。

暫居在這世上短短數十年，凡事不應太過執著，眼見越來越混亂的社會，要是沒有些做人的基本原則，更不知如何活下去。

家父教導的守時、重友情、做事有責任，由成長至老去，都是我一心一意牢牢抓住的，但也不是都做得到，實行起來很辛苦，最重要的，還是要放棄以自我為中心。

藝術家可以疏狂，但疏狂總損傷到他人，這是我盡量不想做的事。

心中是那麼羨慕！「疏狂」二字，多美！

以禮待人是做人的基本條件

我這個人被認為有點迂腐思想，不過，不管人家怎麼勸我說這些事已不吃香，何必那麼蠢，我還是照做不誤。

比方說我約了人，很少遲到。除非有什麼迫不得已的事，我還是盡量守時。讓人家等以抬高自己身價的人，我認為是非常沒有自信心的。

早上去散步，經過些店，我從來不進去東張西望不買東西而走出來，因為我記得小時候有人告訴我，店主們迷信，第一單生意做不成，那天的買賣不會好。

搭電梯時遇到老人和婦孺，我總是注意門的開關，不讓他們在匆忙中出錯（遇到故障，發生意外），過馬路也以同樣的關心對待，不管這些人我認識還是不認識。

坐巴士、地鐵，見抱著嬰兒的母親或老人，我會讓座。要是有年輕人搶著坐下，我會瞪之以三角眼，令他自慚。

如果同事或友人派車子來迎接，我會很自然地坐在司機旁邊。

我不想表現什麼，只知道人與人之間，不管職位地位如何，總應該有一份互相的尊敬。

過度的禮節我並不喜歡，在日本住過一段時期，見他們九十度地打躬作揖，我還是不習慣，只會點頭以還禮。日本人知道我們的習慣與他們不同，也不介意。

我絕不在乎替女人開車門或點香菸，就像我也會替男人開車門或點香菸。

但是，女人矯柔造作地等待我去為她們服務這些事時，哼哼，去他的大頭鬼，打死我也不幹。

我不同意小孩子對大人沒有禮貌，雖然，心中已覺得他們年幼無知，原諒了他們，但是免不了事後搖頭。

對年紀比我大的人，無論是上司還是下屬，我都保持著不卑不亢的態度。我希望歲數比我小的人也同樣對待我，要是他們辦不到，我只有可憐他們。

對人對己，這些都不是過分的要求，我認為這些不過是做人的基本條件。

待人接物不以自我為中心

活到老了，就學會觀察對方是怎樣的一種人。逃不過我們的法眼。

「我開發了中國大陸市場。」

這個人說完給我一張名片，抬頭上，寫著某某公司經理。

一個經理能開發一個市場嗎？沒有整個公司職員的努力，沒有老闆的眼光和大力支持，你做得到嗎？如果是你一個人的，那麼去開另一家公司吧。

怎麼可以把一切歸功於一個「我」字？就算是老闆，在外國也用「我們」，從不用「我」。英文的「We」是謙虛的，我們就學不會用這個字眼。

「我把赤字減輕了。」

政府裡的一個小官說。單靠你一個人？簡直是笑話嘛。

「我的宣傳做得很成功！」

你、你、你？

可憐得很，這些人是爬蟲類。

這個「我」字，說慣了，在老闆面前也用，老人家聽了心裡當然不舒服，但是老闆是狐狸嘛，會笑著說：「非你不可。」

轉頭，找到另一個人，即刻炒你魷魚，留下你這種人是危險的。

年輕人總認為自己是不可代替的，在當今集體製作、合群經營的商業社會中，已經沒有了一個「我」字。公司一上市，連做老闆的也是領薪，做得不好隨時被股東們拋棄，哪兒來的我、我、我？

生意做得越大，越學會用人，知道人才一定會為你帶來財富，而常把「我」字變成口頭禪的傢伙，將會替公司帶來禍害，小心小心。

要做「我」？也行，去當藝術家吧！一幅畫、一件雕刻，沒有了「我」，就死了。

寫文章也是，用「我」是種特權。

做生意嘛，還是少幾個「我」，用回「我們」吧！笨蛋！

人與人之間互相尊敬，是最基本的事

在高鐵上，聽到一個生意人在通電話：「才三千萬，趕快買。」另一個八婆大概是做保險的，拚命告訴對方：「你沒看到電視上那個廣告嗎？萬一丈夫離開你呢？還有我們呀！」

一個青年用手機求愛：「我快要爆炸了，不來一下的話。」

這些雜音，都是避免不了的嗎？完全是公民教育的問題，我在日本的車廂中就沒見過這種現象。人家電話一響，偷偷地跑到車廂與車廂之間去聽，絕不騷擾其他人。

有一次被友人強迫去卡拉ＯＫ，六個人在座，有五個在打電話，除了我呆呆看著。還在街上聽到一個人喃喃自語，以為神經有問題，原來他在用藍牙和對方交談，塞著耳機，像個聾子。

我的職員還算有規矩，沒看到他們在公司裡講私事，但是即使有，我怎麼怪他們？下班了我還致電囑事。工作和私人空間，有手機之後，界線已經模糊。

是不是應該立法，指定什麼時候才可以用手機呢？像駕車時用手機會被罰款，就是一個例子。我想在私生活上很難有這種規定吧？一切，是社交禮貌的問題，是家庭教養好不好的問題。

人與人之間互相尊敬，是最基本的事，不然的話，和街上兩狗互吠有什麼分別？

和別人在一起談事情的時候，手機一響，盡可以說一聲對不起，然後離座去聽，或者乾脆把手機關掉，很容易做到。

漠視對方，要講就講，而且講個不停，就浪費了我寶貴的生命。遇到這種人，生意一定不要給他做，而且用不客氣的目光歧視，毫不遮掩。

每個人都要懂得尊重別人

不知道從什麼時候開始，我變成所謂的「公眾人物」，軀殼已不屬於自己。做公眾人物便要有義務，其中一項是對方會要求你和他們一起拍照。當然很樂意奉陪。

當今大眾用的絕大多數是傻瓜相機，本來隨手一按即成，但是很多情形，拍的人舉棋不定，橫拍直拍，距離遠近，都猶豫了老半天，趕時間，催促起來又像在耍大牌，只有耐心地笑，笑到臉上肌肉僵硬為止。

如果是一對情侶或夫婦來合照，多數請侍者或路人來按快門。這些人扮專家，所選角度非常刁鑽，時間花得更多。

前來合照者，必把我挾起來，他們小時候聽阿媽或鄰居八婆說：「三人拍照，中間那個早死，千萬不能站在中間。」

我一把年紀，當然不要緊，又不迷信，毫不在乎，理所當然的事。

姿勢擺好之後，好歹拍了，大多數人會說：「再拍一張，保險。」

或者：「再來一張半身的。」

結果全身、半身、特寫。怎麼拍，我還是笑嘻嘻的。記得成龍教訓的一句話：「要麼不做，做了，便做好它。他們是我們的米飯班主（意為衣食父母），能多一個是一個。」

有時遇到些美女，工作變成了樂趣，但拍照片和人生一樣，不如意事十之八九。只有低微的要求。有些一看到別人拍自己也一定要來一張的人，根本就不珍惜這個機會，還時常用手臂來搭肩膀，做老友狀。夏天穿麻質西裝，乾洗起來費用不菲，請千萬別來這個動作。

到珠江三角洲，城市都被工廠煙霧汙染，晚上看不到月亮，我沒這個問題，一群人的傻瓜相機都自動閃光，拍完一陣子，滿天星斗，美麗得很。

不可為之事，便不必為

在九龍城遇到一個人。

「我每天看你的專欄。」他說。

「謝謝捧場。」這是我一貫的回答。

「我有一個要求。」他說。

「講講看。」

「我有一個兒子在新加坡，我想去新加坡找事做，你可不可以給我介紹一份工作？」

「什麼工作？」我問。

「什麼都好。我看到林振強寫你曾經說過在新加坡有什麼事可以找你。」他說。

「你有什麼專長？」我問。

這個人想了老半天想不出。

「你以前做過什麼？」我又問。

「做過旅館經理。」他終於想到。

「買一份新加坡報紙，找這一行的招聘廣告，打電話去問。」

「我這個年紀，沒人會要。」他說。

看樣子，他最多也不過五十歲。

「你說試過的成功率是50%，不試等於零。所以我想試試看你能不能向你的朋友建議我。」

「對不起，做不到。」我回答後，因為趕時間，走了。是的，我的確說過嘗試才有成功的機會，但是他要嘗試的是聯絡應徵，不是向我求救。

對林振強伸出手，是因為他是一個天才橫溢的人，雖然初次見面，但他以往的成績有目共睹。

這個人的背景我一點資料都沒有，怎麼建議？人品不好的話，不是害死對方嗎？從前我不會這麼想，可是發生過的壞例子太多了。我幫助過的人，感謝也不說一句不打緊，還時常在背後插我一刀。現在老了，比較謹慎而已。說是那麼說，但是先相信人的個性，我想這輩子還是改不了的，今後被背叛的情形還是會繼續發生，也管不了，反正次數只會減少，不會增多，看開點吧。

樂觀的人，運氣會更好

坐上計程車，陣陣香味傳來。

「怎麼你的薑花沒枝沒葉，是一整紮的？」我看到冷氣口掛的花。

「哦，」司機說，「我住在荃灣，那邊的花檔把賣不出去的薑花折了下來，反正要扔掉，不如用錫紙包好，才兩三塊錢一束。賣的人高興，買的人也高興。」

又看到車頭有些小擺設：「車是你自己的，所以照顧得那麼好？」

「剛剛供的。」司機說，「從前租車的時候，我也照樣擺花擺公仔。」

「要供多久？」

「十六年。」他並不覺得很長。

「生意差了，有沒有影響？」我言下之意，是賺的夠不夠付分期。

「努力一點，」他說，「怎麼樣也足夠，總之不會餓死。」

「你很樂觀。」我說，「近年來一坐上計程車，都是怨聲載道。」

「不是樂不樂觀，」他說，「總得活下去，怨要活下去，不怨也要活下去，不如不怨的好。怨多了，人老得快。」

「你不是計程車司機，是哲學家。」我笑了。看到車頭有個小觀音像，又問：「你信觀音，所以看得那麼開？」

「一個乘客丟在車上，我撿到了就用膠水把祂黏在這裡，我不是信教，我只是覺得好看，沒有其他原因。」

「你們這一行的，大家都說客人少了很多。」我說。

「很奇怪，」他說，「我不覺得，大概想通了，運氣跟著好，像我載你之前，剛接了一單，客人一下車，即刻又有生意做。」運氣好也不會好到這麼厲害吧？到家，我付了錢，鄰居走出大門，截住，上了他的車。

做人，要隨時隨地相信自己有好運

《大白鯊》的製片人大衛・布朗說：「你可以製造自己的運氣。」

幸福是你相信自己有運氣。

要在社會上站得住腳，你一定要相信自己有運氣才行。拿到自己幸運的工具是你的樂觀。

著名演員露芙・高頓事業很成功，人又長壽，這是因為她守著自己的一條規則：絕對別放棄夢想！而且，在任何情形下，最好「不要」面對現實！

我自己一直保持著一份天真，也許你可以說是無知或是愚蠢，但是我一直感覺自己很有運氣。在五十歲以後我才賺了錢，中年時我曾經失業過兩次，我做過高階職員，但最後也逼得我去領失業救濟金，我也寫過無數的求職信，但是，我能夠掙扎成功，是因為我聽了露芙・高頓的話。

我一直沒有長大，一直沒有面對現實。不是每一個人相信自己，好運氣就來。患癌、飛機失事、心臟停止跳動的事也許會發生，但是管他的，如果你相信自己是有好運的，那麼你的幸福機會會比別人多。幸運是位女神，只有她感到你對她有興趣，她才會來找你。好運，其實是一種很腳踏實地的人生觀。做人，要隨時隨地相信自己有好運，現在開始相信，也不會太遲。

逛花墟永遠那麼快樂

又是牡丹的季節，荷蘭來的當然很美，但當今運到香港的是紐西蘭產的，又大又耐開，本來對紐西蘭印象不佳，因為牡丹，還是有點好感。

閒時到九龍太子道後的花墟走一走，永遠是那麼快樂的體驗。附近又有鳥雀市場，是香港旅遊重點之一。身為香港人的你，去過嗎？

「這麼多店舖，看得我眼花撩亂，去哪一家最好？」一位師奶問我。

「那要看你選什麼樣的花。」我回答。

「你呢？」她反問。

「我愛牡丹。」我說，「花墟道四十八號的那家『卉豐』，是我最常去的，他們很肯進貨。客人不會欣賞，認為牡丹太貴，店裡有很多盛開的賣不掉，新的一批照樣下訂單，不是自己愛花做不到。」

「還有哪幾家你常去的？」師奶問。

「逛花墟的樂趣不只是花，有時買買陶器也有很多選擇，像太子道西一百八十號的『樂天派』就有很多虞公的作品。曾氏兄弟兩人，哥哥的佛像越做越美，弟弟的人物造型越來越有趣，我很看好這兩兄弟，現在收藏他們的作品還很便宜，一定有價值。」

「還有什麼和花不同的商店？」師奶問。

「賣各種生草藥的『左記』也很有趣。」我說，「在太子道西二百零二號，門口擺了一個人頭般大的根，叫石蝶。買個二兩，加適量蜜棗用二十碗水煲六小時，剩十二碗左右，喝了可以排毒、治黑手甲、牛皮癬等病。」

「那些乾的，浸在水中又像一朵鮮花的是什麼東西？」師奶問。

「叫還魂草。」我說，「煲糖水很好喝，又能治支氣管炎。」

他店裡什麼植物都賣，一小缽一小缽的含羞草才賣五塊港幣。

住在高樓大廈的兒童沒看過，摸它一下，大叫道：「真的會害羞縮起來！」

聽蟬太吵，吃蟬快樂

從公主道到尖沙咀，靠近隧道口時，聽到一陣強烈的蟬鳴。

叫得那麼厲害！成千上萬的蟬一起叫，震耳欲聾。每次，我都聽成：「夏天了！夏天了！」蟬像能說人話。

饞嘴的我，第一個反應是想到吃。年輕時在日本嘗過蟬味。一個大漢拿了一支棒球棍，向小一點的樹身大力一擊，從葉中掉下數十隻蟬。拔了翼，就那麼烤來吃，香得很。

泰國菜中也常以蟬入菜，放進石臼中，加了朝天椒、小茄子和魚露，大春特舂，做出紫顏色的醬，拿來蘸青瓜、生豆角和柳葉吃，味道鮮美得不得了，連最單調的生蔬菜都變成上等佳餚，吃個不停。

廣東人吃桂花蟬，一向用鹽焗。所謂鹽焗，大多數人是拿去炸，再撒點鹽充數。原料的桂花蟬很香，焗和炸都不要緊。

查良鏞先生的太太很喜歡吃桂花蟬，每次見到，她都興奮地說：「當年吃龍虱，兩毛錢一大堆；吃桂花蟬，一隻就要五毫子。」

有一次我們在鏞記吃飯，提到桂花蟬，老闆甘健成先生說：「剛有貨到，來幾隻試試如何？」

眾人大喜。

桂花蟬上桌，吃起來果然很香脆，回到一九六〇年代的日子，大家都變得年輕。

那股香味久久不散，甘先生又說：「有沒有聽過蟬香水？」

真稀奇。他拿出兩小瓶來，一聞，特別得緊（意為非常特別），非常有個性的香味，要是被法國人發現了，一定會大量生產，還是不告訴他們為佳。

世界上能製造香水的，除了花朵之外，只有抹香鯨、麝尾巴和一種水獺的睪丸，比起這些東西，蟬的香水沒那麼恐怖。

保護動物昆蟲的朋友請別緊張，夏天那麼多蟬，全球皆是，不會因這篇文章而絕種的。

不偶爾偷懶一下，活著幹什麼

「你做那麼多事，一定從早忙到晚！」認識我的人那麼說。

也不一定，我有空閒的時候，有時一天什麼事都不做。慢慢梳洗、閱報、看小說，餓了煮個公仔麵吃吃，逍逍遙遙。

香港人忙著幹什麼？忙著把時間儲蓄起來，靈活運用，贈送給遠方來訪的友人。

返港後，剛好遇到好友路過，陪他一整天。反正現在有行動電話，急事交代幾句，輕鬆得很，沒什麼壓力。

他人通常都會起得遲一點，可惜我這條勞碌命不讓我這麼做，五點多或六點就起，到陽台看看，今天又長了多少朵白蘭花。

散步到菜市場，遇相熟友人，上三樓去吃牛腩撈之前，先斬些叉燒肉，吃不完打包回家，中午炒飯，又派上用場。

應該做的零星事：把眼鏡框修理好。手錶的彈簧帶斷了，快去換一條新的。頭髮是否要剪？指甲到時候修了吧？

趁今天多寫點稿！這麼一想，所謂的悠閒日便完全破壞，心算一下，這份報紙還有多少篇未發表？那本週刊有多少存貨？可免則免，寧願其他日子熬通宵，也不想在今天工作。

是替家父上上香的時候了，將小佛壇的灰塵打掃乾淨，合十又合十。

是打個電話去慰問家母的時候了，啊！啊！沒事嗎？沒事最好！燕窩吃完了嗎？下次帶去。今天是趕不及探訪了。

篆刻書法荒廢已久，再練一練吧。把紙墨拿出來時，改變主意，還是繼續畫領帶好。一條又一條，十幾條之中，滿意的只有一二，也足夠了。

「你還要上班嗎？」友人問。

不上班，怎麼知道禮拜天可貴？不偶爾偷懶一下，活著幹什麼？

不妨把優柔寡斷當成樂趣

《花生漫畫》中的查理．布朗，是個性格很優柔寡斷的人物。露西經常罵他「wishy washy」。再好的英文翻譯也沒有。

優柔寡斷潛在於我們每一個人的身上，任何事都三下五除二地解決的人並不多。

早上起床時再睡一會兒嗎？已是一個很難下決策的問題。

上課嗎？或是扮肚子痛？從幼兒園開始，兒童已知道優柔寡斷是怎麼一回事。

小學時，考試之前趕通宵死背書，還是去玩更好？

到了國中，同學抽菸，一起抽，還是拒絕他們的好意？

高中已談戀愛，打電話給女同學，還是等她打來？

出來做事時，炒不炒老闆的魷魚呢？

老了，病了。死還是不死？

最典型的，一定是莎士比亞筆下的「To be, or not to be」（生存還是毀滅），我們一生最大的苦惱，莫過於太過優柔寡斷。

既然我們知道有這個毛病，就要當它是樂趣來處理。

先學會做什麼事，錯了也不後悔，自己的決定嘛。慢慢地，我們的優柔寡斷行為就會減少，自信心越強，決策越快。

可是，到了星期天，我們就要享受優柔寡斷了，出門還是不出門，想了老半天，還是在家好一點。

肚子餓了，吃不吃東西？到餐廳還是自己燒菜？

寫稿還是不寫稿？看不看電視呢？讀不讀書？

結果什麼事都沒做，躺在沙發上，問自己：「睡不睡覺？」

哈哈哈，優柔寡斷，真好玩。

什麼都不吃的人也可愛

其實，我喜歡看別人吃東西，多過自己吃東西。

什麼都吃，吃得津津有味的樣子，是多麼賞心悅目。

最怕遇到對食物一點興趣也沒有的人，這種人多數言語枯燥，最好敬而遠之，不然全身精力都會被他們吸光。

各有選擇，我對素食者並不反感，尊重他們的權利，你吃你的齋，我吃我的葷，互不侵犯。討厭的是吃齋的人喜歡說教，認為吃無機種植的蔬菜才是上等人，吞脂肪（指吃肉食）的人像患麻瘋，非進地獄不可，永不超生。

素食者人數一多，對肉食者群起而攻之，凡肉類，都是病源。我沒有不舒服，好像犯了罪，一定要說到我去看醫生。

素食者人數一少，便眼巴巴地坐在一旁，看別人大魚大肉，自己便做委屈狀：啊！我這個可憐的人，什麼東西都沒的吃！啊！可憐呀！好可憐呀！

已經專為這種人叫了一碟什麼羅漢齋之類的。一上桌，試了一口。咦！怎麼這麼難吃？從此停筷，繼續做他們的委屈狀。

當然囉，又不是素菜館，大師傅燒不慣，像個樣子已經算好的了。不吃白不吃！算了！

吃素沒什麼不好，但是強迫兒女也一起吃齋，就是罪過。這些人的兒女長大後，和他們的面孔長得一模一樣，面黃肌瘦。可憎。

有一位朋友，不但不吃肉，連蔬菜也不碰，一味喝酒。她一坐下來就對各位聲明自己不太吃東西，主人不相信，拚命夾菜給她，她只是笑笑，也不拒絕，但不碰就不碰，反正早已告訴過你，不能說我浪費。這種人，什麼都不吃，也可愛。

難吃的東西吃得多了，就容易看出菜好不好吃

「菜一上桌，你就看得出好不好吃嗎？」小朋友問。

當然嘗過之後下定論最準確，但經驗的累積，一般還能觀察出高低，菜餚講究的是色香味，那個「色」字，就是指標。

別說其他，飯前的冷菜或小碟，已能判斷。太玄妙了，不如舉實例。

吃寧波菜時，上一碟烤麩，一看就知不行，為什麼？那麵筋是刀切的。麩要手撕，汁才入味，就那麼簡單。

如果連這一點點功夫都做不好，這家人其他的菜也好極有限（意為不會好到哪裡去），不必猜測。

潮州菜通常奉送一碟鹹酸菜，當今也許要算錢，看到碟中的東西顏色似染的，已經碰都不必去碰。

色澤鮮豔的酸菜，上面再撒些南薑蓉，這家人的水準一定高。

至於味道是太鹹或太甜，那是個人喜惡。

韓國菜也是一樣，少不了的金漬（泡菜，Kimchi），辣椒粉下得不夠顏色就不鮮紅。白菜太

過白的話，泡的時間不足。如果看到金漬之中還有些松子，說明不錯。瓣與瓣之間夾了魚腸，那很道地。要是把金漬釀在一個巨大梨中，那麼這一餐將是畢生難忘的。

西餐相同，上桌的麵包如果不是店裡烤出來的，好不到哪裡去。

切功也很重要，吃杭州菜上的小碟馬蘭頭，切得太粗，或者豆腐干太大粒，不必嘗味已知不好吃。

山東菜的腰花，花紋不美，片得不夠薄，吃起來必有尿味。

上來大菜，看到屈鯉魚時，魚鱗不是豎起來的，那是死魚，生命力那麼強的鯉魚還養不活，這家人的菜恐怖到極點。

原則上，難吃的東西吃得多，就能看出。

交稿，令自己更年輕了

「你要幾天才能交稿？」時常有小朋友問我這個問題。

「沒算過，到時到候，像雞生蛋一樣，就擠出來了。」我說。
「到底是幾天嘛！」小朋友不放過我。
「真是到現在還算不清楚。」我說，「最少是三兩天吧。我現在的祕書小姐很好，常提醒我：明天至少要一篇。」
「提醒了就寫得出嗎？」
「寫得出。」我說，「我們專業的寫作人，已經不需要靈感。」
「那麼不是很輕鬆嗎？」
「一點也不輕鬆。」我說，「壓力來自雖然寫得出，但是寫得好不好呢？好不好，自己知道，騙不了自己的。」
「什麼叫作好？」
「內容至少要有點東西，最低限度是資訊性的，像介紹了一家新餐廳，為什麼要介紹它？什麼是出色的地方？把自己的觀點寫出來，要與眾不同，才叫好看。至於最高境界，對我來講，是惹惹讀者發笑，能做到這一點，我已經滿足，我對自己的要求並不高。」
我一口氣說完。
「在『名采』專欄這麼多年，你有沒有斷過稿？」
「一次，」我說，「是傳真失誤。」
「每天寫，沒有壓迫感嗎？」

「有的。古人說，歲月催人老；我說，交稿催人老。很羨慕能因出外旅遊而斷稿的作者。」

「那你寫來幹什麼？又不是靠它吃飯。」

「交稿催人老，是當你交了稿又知道自己寫得不好的時候。」我說，「要是你交得出，而又過得了自己那一關，那麼寫稿就變成了一種充實感。我常說要一天活得比一天更好，完全靠這篇東西向讀者交代了。這時候，交稿已經不是催人老。交稿，令自己更年輕了。」

停下來發一陣呆吧

到上海，入住花園酒店，路過的一條街上有家吃茶店，外面寫「喝茶、聊天、下棋、發呆」幾個字。好一個發呆！

發呆廣東人說成發牛豆。一個人入了神，就用牛牛豆豆來形容。牛豆比咪摩（意為拖拖拉拉）還要厲害。咪摩東動一下西摸一下，牛豆則是眼睛半開，望著前面，連焦點也沒有。

一個人在沉思時，別人看來以為他在發呆。發呆是在想東西想到進入睡眠或者清醒之間的一個過程。

小孩子的發呆最為可愛，叫醒他們之後總可以看到這個樣子，恨不得吻他們一下。

老人的發呆最為可憐，曾經到過溫哥華的舊唐人街，在一個五層樓的建築物窗口中，老人向外望去，一動也不動，像人生終結之前的定格。如果還有思維，應該是胡不歸吧？

我自己的發呆，通常是寫稿寫到一半，不能繼續，思維由主題飛到十萬八千里之外，毫無關聯，如果不被自己喚回，也許進入別人的夢中。

簡直是浪費生命！分秒必爭的香港人罵道。

是的，生活在這個地方，是不允許發呆的。發呆變成了奢侈，是一種高級享受，是一件勞碌的人絕對沒資格做的事！

發呆之後，淌下一滴眼淚，最悲哀不過了；發呆之後，笑了笑，非常幸福。

後者怎麼形成？全靠美好的過往。

所以說，人生儲蓄除了金錢之外，還要收藏光輝的記憶。老了，再多錢也沒用，發起呆來，永遠是為生活掙扎。

想想我們生命中的情緒，回憶初戀，記一記我們的好朋友。現在是不是也在發呆？在不發呆的時候最好去銀行，千萬別將生活弄得單調，而最好的辦法，是當人家數綿羊入眠時，我們能夠算一算吃過的每一道佳餚。

停下來發一陣呆吧。

3

心態好，即使年老也覺得年輕

Live a cheerful life

生命的長短不受自己控制，
但是生命的品質，
卻是我們自己能夠提高的。

人生下來，就是一場漫長的旅行

你去的地方真多。認識我的人說。

很慚愧，很慚愧，我去的地方一點都不多。

每次在飛機上看航空公司雜誌的地圖，有幾十萬個地名，就知道涉足的實在太少了。

走幾處名勝拍幾張照片後又拍拍屁股走掉，那談不上旅行。最低的條件應該是住上一段時期，懂得幾個單字能夠在市場買菜時討價還價，會搭乘巴士或地鐵，交上數名朋友，知道何處有最好的餐廳，那麼，你可以自豪地說：「這地方我到過。」

旅行不是全要靠錢，時機和緣分很重要。

環境隨時在變，一九六〇、七〇年代的時候誰會想到有一天能夠那麼方便地出入桂林？

永遠是跑不完的，等到你走遍時，還有太空呢。

我什麼地方都沒有去過，你說。

人生下來，就是一場漫長的旅行，只要你注意又欣賞每一個細節，你的周圍，就是世界。

人生最大的重量在於自己缺乏信心

人生最大的意義，除了吃吃喝喝，活得一天比一天的品質更好之外，便是要盡量減掉身上的重量。當然，指的並非體重。

輕，是一門很奧妙的學問。

不過我不是哲學家或文豪，要談的只是物質，和生命能否承受的那種無關。

基本得很，像夏天沖完涼後，穿一件薄如蟬翼的麻質恤衫，感覺是多麼飄然。摩擦著軀體，像泡泡流下，十分過癮。

與其跟流行，穿著又笨又重又不好看的運動鞋，不如來一對柔軟的幼羊皮鞋子。誰不知幼羊皮好？但是那麼貴，怎麼買得起？來一對布做的功夫鞋，也一樣舒服的呀。一切都是豐儉由人。

皮包中攜帶的物品也要計算重量，筆呀紙呀，都帶最小型的。

女人的一切化妝品，也不要因為便宜而帶大的。

學會用輕便的電子記事簿吧，研究起來沒有整台電腦那麼困難，何必帶著那本又厚又大的電話地址簿呢？

不可一日無此君的眼鏡，鏡框越細越好，現在市面上已經出現一種新科技，把任何度數的厚鏡片都磨得很薄。

戴隱形眼鏡當然最輕了，不過要把輕和難受放在天平上比較，隱形眼鏡我倒是反對的。手錶也是一樣的，又不是賽車手或游泳健將，何必戴那個像鬧鐘那麼巨型的東西在手上？也不用把懷舊當流行，弄個大古董錶戴著，增加自己的煩惱。

都彭打火機固然典雅，但怎比得上一塊錢一個的輕？

做人有了自信，為什麼還要用名牌來炫耀給別人看？

人生最大的重量在於自己缺乏信心。

生命長短不可控，生命品質卻可提高

朋友的父親，已經六十三歲，他事業成功，為人隨和，最喜歡和年輕人在一起，大家都覺得和他語言相通，沒有隔閡。

老人常說：「啊！我和我的兒女有代溝——我比他們年輕。」

雖說是老人，但他的面貌看起來只有五十歲左右，沒有禿頭現象，衣著時髦，手頭闊綽，自己有能力負擔自己。

對於家庭，他絕對是一個好先生、好父親、好丈人。他很了解下一輩的煩惱，因為他是過來人。

酒量真好，從來沒有看過任何人把他喝倒。為什麼？我問。

「我懂得喝酒，每一口都有味道。酒和人一樣，要被欣賞才能發揮最大的吸引力。遇見有才能的男人，我盡可能栽培。蠢男人我也見得多，這不是他們的錯，大家少來往就是。反正有時要喝兩口難以入喉的土炮（粵語方言，指農家自釀的米酒），菜才好吃。你說是不是？

「女人嘛，她們總是那麼美好啊！我最喜歡女人。你有沒有試過用另一種動物的眼光來看女人？沒有？你真傻。

「當她們理所當然，你的一生便很吃虧？這種看法，實在是人生的悲劇！

「這麼大的世界，那麼多的人，為什麼偏偏會遇到這個？她們對一種事物的看法，對東西的價值觀念，和我們絕對是兩樣。

「單單這一點，已經欣賞不完，何必再去談到肉體的構造？

「肉體、肉體，她們是那麼美……再講下去，我會給你一千零一個故事。但是這並不是我們今晚要談的問題。

「一個人的生命長短，是不受自己控制的，你看看比我們早一點去的人。這是多麼可惜！

我們共同認識的億萬富翁，每天吃同樣的鮑魚和排翅，就是把一切變得枯燥。做人不管貧富，只要注意生活的每一個細節，小小的歡樂，已經可以享受不盡。重複一句，生命的長短不受自己控制，但是生命的品質，卻是我們自己能夠提高的。」

身體健康之前，精神要先健康

「你要好好讀書，才會出人頭地。」

「不要只顧著交女朋友，今後大把時間。」

「好好找個老公。」

「你已經超過三十歲了，快點結婚。」

這一類的話，我都稱為「阿媽是女人」。理所當然的事，說來幹什麼？

到了我這把年紀，最「阿媽是女人」的一句話是：「什麼都是假的，身體最要緊，健康才最可貴。」

誰不知道身體健康這回事？我已經說過很多次：身體健康之前，精神要先健康，這不敢吃，那不敢碰，精神上已經有了毛病，當然影響肉體。

不喜歡人家那麼多廢話，自己就不說了，我們應該盡量避免說「阿媽是女人」的話。

讀書的興趣完全是自發的，能不能出人頭地，對小孩子來講，一點也不重要。為什麼不告訴他們盡量活得快樂？

青春期間要禁止對性的好奇，難如登天，說這種話的父母，難道自己沒有經歷過？不如送子女一打保險套。

找個好老公談何容易，愛上的人有老婆，喜歡自己的又看不上眼，讓她們自由發展好了。中國人最聰明，以「緣分」兩個字就解釋一切，緣分到了，自然會找到。

結婚是個野蠻的制度，當今的人個個都怕，但是個個都結婚，為什麼？要等到沖昏頭腦時！那時要阻擋也阻擋不了。兒女養得那麼大，留在身邊多陪陪自己幾年，有什麼不好？為什麼要把他們推出門去？

這都是關心你呀！說「阿媽是女人」的人那麼辯論道。要關心，用英語說 take care，用中文說保重，已經夠了。

不過「阿媽是女人」之中，有一句我倒是經常說的，那就是：「別斤斤計較，死，你是死定的！」

別把生命浪費在無聊的人身上

「才一年前買的兩千多萬元的樓，現在可以賣三千多萬元，一年之內，賺一千萬元。」朋友說。

「恭喜你了。」我說。

此人嘆氣：「是同事買的。」廢話！

跟著，他埋怨這嘆息那，說了一大堆看走了眼的機會。

我還是那句老話：「廣東人說得對，有早知，無乞兒。」說完我轉頭走開。

另一種「想當年」的人，我也很怕。「當年我有多麼厲害」等的對白，聽得令人作嘔，而且他們喜歡重播又重播，讓人多吐幾次。

有時一桌人晚飯，談政治，一談談個不停，要是都是好朋友，我便坦率地要求他們轉個話題，遇到不是太熟的，我便靜悄悄地跑回家。

有些長氣（粵語方言，形容人嘮叨）的八婆，自以為好心腸，看見我患了感冒，便說：「還不去看醫生？」

「喝點薑茶就好了。」我回答，自己的身體自己知道，已擁有數十年了。「有種膏藥擦在心頭很有用！」她們又說。「喝點薑茶就好了。」我又說。

「介紹你一個噴氣筒，很有效。」再勸我。

「喝點薑茶就好了。」同一個答案，用三次、四次、五次，用到她們覺得煩為止，自能將八婆治退。

學鄭板橋說：「年老神倦，已不陪諸君作無益語也。」越來越覺得人生苦短，不能浪費生命在這種無聊人身上。

不過，自己的毛病不覺察，也許周圍的人也不能容我。是時，我可能成為一個固執、孤獨的老者，但亦不後悔。有山有水為家，有花有鳥做伴，已足矣。

世間很難有「永遠」這兩個字

童話中，王子對村姑說：「我不會離開你，永遠永遠在你身邊。」

另一個故事，公主擁抱騎士：「我愛你一生一世。」

現實社會行不通，因為童話沒提起老媽子的事。像英國女王不退位，查爾斯只有整天打馬球、跌斷手。自己愛的人家裡反對，娶了一個美女當老婆，她又去偷漢子。

瑪格麗特公主也是個例子，抽菸酗酒至老，當年她對愛過的、嫁給的，都發過這個永不、永不的誓，但是行不通就是行不通。

也許灰姑娘的老公是一個很固執的人，婚後變得枯燥無味，你想想，拿一隻鞋子到處找一個女人，不但需要堅持，還有點傻兮兮。

或許，白雪公主長大了，只顧兒女，對白馬王子的要求沒什麼興趣。她愛心爆棚，七個老頭被她搞得服服貼貼，為什麼不自己生一大群孩子來玩玩？

舊時的孩子比較單純，還相信這些誤人子弟的故事。資訊發達的今天，從電腦中汲取無限的知識，思想成熟得快，見父母親吵架，其他同學家長離異，愛情故事變成笑話，只能接受魔術、整蠱的劇情，所以《哈利波特》才流行起來。

幻想破不破滅是另一個問題，男女始終還是要經過戀愛階段，當然相信美好的好過殘酷的。所以瓊瑤、亦舒繼續有她們的讀者，亦舒的故事還較有現代感，尖酸嘛。

「你有一天一定會離開我。」少女說。

男友回答：「不，我永遠不會離開你。」

「別說你沒自信的話，這世間很難有永遠這兩個字。」少女嘆氣。

誰能知道未來將發生什麼？說永遠，只有我們有資格，我們剩下的日子不多，又忍慣了，成功的機會還有幾巴仙。

觀賞豐子愷的畫，有益身心

大家都在談論如何預防自殺，電台曾智華也打電話來問我意見。我說吃一頓好的，或去澳門一趟，知此生美好，就不會想到自殺了。

這當然是在唱反調，開玩笑而已。真正要防止自殺，先得讀書。如果做一次統計會發現，那些自殺的人多數沒讀多少書。

但，人生憂患認字始，書讀多了，想得太多，也是死的原因之一。北歐的自殺者多數是知識分子，所以讀書多也不是好辦法。

唯一能夠美化身心的，只有豐子愷的畫。從老先生由古詩配上的意境，讀了絕不會想到盡途去。《護生畫集》更是令人感動得連螞蟻也要放過，何況是自己的生命。

《豐子愷漫畫全集》由京華出版社出版，全九卷，集豐子愷所有最佳作品，是一套最佳禮物。

第一卷收集了兒童相，第二卷學生相，第三四卷社會相，第五卷護生畫集，第六卷繪畫詩歌，第七卷繪畫小說、封面插圖，第八卷彩色畫卷，第九卷精品畫集。完全收集在一個硬封套中，非常精美，各大書局均出售。

豐先生的漫畫教育由觀察自己的兒女開始，到他們受教育、經過戰火的洗禮、進入了社會、受了佛教的熏陶、欣賞山水的美好，以及老去的寧靜，小生命重新開始。任何一個階段都有自己的影子存在，一些會被他的美學感染，是一套非讀不可的書。

蘇美璐的小女兒生日，想不到要送她什麼，我就寄上這九本書。我原來的那一套，是老友徐勝鶴給我的，現在的再由另一友人贈送，來來去去，總存一套。

打開第一卷第一頁，就有華君武的題字：「赤子之心。」希望這顆心也讓你拾回來，如果你肯去買一套回來翻翻。兒童，是不會想去自殺的。

那是我一生最美好的年代

為什麼記憶中的事沒做夢時那麼清清楚楚？昨晚見到故園，花草樹木，一棵棵重現在眼前。

爸爸跟著邵氏兄弟，從中國大陸來到南洋，任中文片發行經理和負責宣傳。不像其他同事，他身為文人，不屑於利用職權賺外快，靠薪水，兩袖清風。

媽媽雖是小學校長，但商業腦筋靈活，投資馬來西亞的橡膠園，賺了一筆，我們才能從大世界遊樂場後園的公司宿舍搬出去。

新居用叻幣（指馬來西亞、新加坡與汶萊在英殖民時期，由英殖民政府發行的貨幣）四萬塊買的，雙親看中了那個大花園和兩層樓的舊宅，又因為父親好友許統道先生住在後巷四條石，購下這座老房子。

地址是人稱六條石的實籠崗路中的一條小道，叫 Lowland Road，沒有中文名字，父親稱之為羅蘭路，門牌四十七號。

打開鐵門，車子駕至門口有一段路，花園種滿果樹，入口處的那棵紅毛丹尤其茂盛，也有杧果。父親後來研究園藝，接枝種了矮種的番石榴，由泰國移植，果實巨大少核，印象最深。

屋子的一旁種竹，父親常以一張用舊了的玻璃桌面，壓在筍上，看它變種生得又圓又肥。

園中有個羽毛球場，掛著一張殘破的網，羽毛球是我們幾個小孩子至愛的運動，要不是從小喜歡看書，長大了成為運動健將也不出奇。

屋子雖分兩層，但下層很矮，父親說這是猶太人的設計，不知從何考證。陽光直透，下起雨來，就要幫奶媽到處門窗，她算過，計有六十多扇。

下層當是浮腳樓，摒除瘴氣，也只是客廳和飯廳廚房所在。

二樓才是我們的臥室，樓梯口擺著一隻巨大的紙老虎，是父親同事——專攻美術設計的友人所贈。他用鐵線做一個架，鋪了舊報紙，上漆，再畫成老虎，像真的一樣。家裡養了一隻鬆毛犬，衝上去在肚子上咬了一口，發現全是紙屑，才作罷。

廚房很大，母親和奶媽一直不停地做菜，我要學習，總被趕出來。只見裡面有一個石磨，手搖的。把米浸過夜，擺入孔中，磨出來的溼米粉就能做皮，包高麗菜、芥蘭和春筍做粉粿，下一點點的豬肉碎，蒸熟了，哥哥可以連吃三十個。

到了星期天最熱鬧，統道叔帶了一家大小來做客，一清早就把我們四個小孩叫醒，到花園中，在花瓣中採取露水，用一個小碗，雙指在花上一彈，露水便落下，嘻嘻哈哈，也不覺辛苦。

大人來了，在客廳中用欖核燒的炭煮露水，一面沏上等鐵觀音，一面清談詩詞歌賦。我們幾個小的打完球後玩蛇梯遊戲，偶爾也拿出黑膠唱片，此時我已養成了對外國音樂的愛好，收集不少進行曲，一一播放。

從進行曲到華爾茲，最喜愛了。鄰居有一小廟宇，到了一早就要聽麗的呼聲（舊時馬來西亞等英屬殖民地國家的一家電台），而開場的就是《溜冰者的華爾茲》（*Skaters' Waltz*），一聽就能道出其名。

在這裡一跳，進入了思春期。父母親出外旅行時，就大鬧天宮，在家開舞會，我的工作一向是做飲料，一種叫Fruit Punch的果實酒最容易做了，把橙和蘋果切成薄片，加一罐雜果罐頭，一支紅色的石榴汁糖漿，下大量的水和冰，最後倒一兩瓶紅酒進去，胡攪一通，即成。

妹妹哥哥各邀同學來參加，星期六晚上玩個通宵，音樂也由我當DJ，已有三十三轉的唱片了，各式快節奏的，森巴森巴，恰恰恰，一陣快舞之後轉為緩慢的情歌，是擁抱對方的時候了。

鼓起勇氣，請那位印度少女跳舞，那黝黑的皮膚被一套白色的舞衣包裹著，手伸到她腰上，一掌抱住，從來不知女子的腰可以那麼細的。

想起兒時邂逅的一位流浪藝人的女兒，名叫雲霞，在炎熱的下午，抱我在她懷中睡覺，當時的音樂，放的是一首叫《當我們年輕的一天》，故特別喜歡此曲。

醒了，不願夢斷，強迫自己再睡。

這時已有固定女友，比我大三歲，也長得瘦長高䠷，摸一摸她的胸部，平平無奇，為什麼我的女友多是不發達的？除了那位叫雲霞的山東女孩，豐滿又堅挺。

等到父母親在睡覺，我就從後花園的一個小門溜出去，每晚玩到黎明才回來，以為神不知鬼不覺，但奶媽已把早餐做好等我去吃。

已經到了出遊的時候，我在日本，父親來信說已把房子賣掉，在加東區購入一間新的。也沒寫原因，後來聽媽媽說，是後巷三條石有一個公墓，父親的好友一個個葬在那裡，路經時悲從中來，每天上班如此，最後還是決定搬家。

「我不願意搬。」我在夢中大喊，「那是我一生最美好的年代！」醒來，枕頭溼了。

忘記一切，開始原諒

讀到泰國高僧坐關，以求捐款建築佛廟一事，非常感動。但是後來演變成與當地寺院爭執，被六個大漢強拉出來，又在食物中下瀉藥，雙方互爆醜聞。整件案子複雜得很，不管誰對誰錯，已顯出大家關心的不是佛。

日本有位慶應大學畢業的禪宗主持人，前陣子看不開，自殺了。做了和尚後還有什麼看不開的？我真不明白。

韓國的和尚和尼姑吵架，把她的頭打穿了。雖說佛也有火，但是打女人總不是男子的行為。

我認識的僧人，有些炒地皮、買股票；更有的是客串性質，凡遇做法事不夠人手，就把他拉去充數；還有一個經常戴假髮、搭賓士車去逛酒吧；另一個身邊時常有白嫩的少年追隨。

當然，這是和尚之中較少數的分子，我敬佩的高僧不少，而且影響到我的人生觀。

上述幾件，其實也沒有什麼好大驚小怪，只是因為他們是和尚，而我忘記了和尚也是人。

看電影，只喜新聞和外國長片。

白天的那位中文節目的播報員長得真是端莊，戴個眼鏡著實誠懇，不卑不亢的態度，的確惹人喜歡得很。

到了晚上英文台的那個，「尊容」就不敢領教了，小眼睛，大口，一微笑，牙齒一顆、兩顆、三顆到二十幾顆，卻不整齊。其實美醜並沒有一定標準，但最基本的是做新聞播報員語言要標準，口齒要清，這位小姐沒有具備這兩種條件。但是，我又忘記了。

我忘記她也是人家的女兒，她的父母兄姊從小看到她大，自然會覺得她可愛。

她能在眾多高階職員挑選之下擔任這個職位，必定有她的存在價值，我個人的主觀意見並不可以代表群眾。

也許，長時間下來，我會改變對她的印象，她會逐漸成熟、改進，變成越看越親切，越看越順眼。有許多剛入行的演員，起初還不是醜得不得了。我想，在很多類似的情形下，男人才娶得到老婆。

看報是一種生活習慣，與時代無關

發生在我身上的一件痛苦事，是等報紙送到。

大清早起身，第一件要做的就是打開門看報紙來了沒有。明明知道不會那麼早的，但總要確定一下才甘心。

讀報的習慣已經數十年，不見此君便像身上少了一件東西似的，很不舒服。雖然有電視新聞代替，但不一樣就是不一樣。

好吧，別訂了，不必讓人家送來，下街去買好了。但是不訂報紙，遇到出外旅遊，祕書忘記替你買個一兩天，豈能甘心錯過？而且時間寶貴，這一去一進至少要花一小時，還是在家做其他的事好了。

現在報紙已放上網路，本來可以在螢幕上一早閱讀的，但是感覺是不同的，讀報紙要摸它，一頁頁地掀開，才像樣。

人類閱報的姿勢非常好看，雙手一張，腳一蹺，年輕時近看，老來像關公一樣拉遠，動作很大，夠氣派。讀網路上的報紙，像電腦痴兒，小小氣。

每搬一次家，第一件事是打聽哪個報販送報送得最早，有些是八點多，早一點七點多，都太遲了。下次找房子租，六點左右的派報服務，方是偏好。

因愛報紙，連報販也感親切，派九龍城「茗香茶莊」報紙的老兄，十分辛勤，並不把報紙扔在店口，每天恭恭敬敬地交到掌櫃處，還來一聲早安才走。下大雨，此位仁兄全身溼透，但保護報紙乾爽。今天他不來，兒子代替，禮貌地依足他父親的傳遞，看得愛得要死。

多數的香港人，都是那麼單純和勤勞。看到這些人，對將來才抱希望，我們千萬別忘記從前大家都是這樣的。當官的是何許人，朝代換了沒有，並不重要。

買菜也是一種藝術

廣東道和奶路臣街之間的旺角市集是我最喜歡去的一個菜市場。

不要誤會，我指的並不是政府建的那座菜市場，而是街上和路旁的小店舖及檔攤。第一，它有個性，擺到道路中央，警察每天來抓，等他們走後，小販擺滿貨物，大做其生意。

買菜，是一種藝術，和烹飪是呼應的。好廚子不規定今晚要炒些什麼，看當天有什麼新鮮或新奇的材料，就弄什麼菜。

當然，無可選擇的酒樓師傅另當別論，而且，菜色一商業化，就失去了私人的格調和熱愛，也是極可悲之事。

怎麼樣能買到好材料呢？以什麼標準評定它的佳劣？

這都要靠經驗和愛好，沒得教的。

像一個當舖學徒，他不是一生下來就會鑑定一件東西的好壞和價值，必要多看，多吃虧，最後才能成為高手。

到菜市場去逛一圈，就像去了字畫舖，像進去一個古董拍賣場，必須從容不迫，悠閒地選擇。

最貴的材料並不一定是最好的。比方說豬肉吧。豬排、梅肉條等部分價高，但是一頭豬最好吃的方位是包圍在肺部外層、俗稱的「豬肺捆」（肝連）。它的肉纖維短而幼細，又略帶肥肉和軟骨，味濃而香，是上上肉，也是價格最低的肉。炒、紅燒等皆可，滾湯更是一流。煮完撈出來切片，蘸濃醬油和大蒜蓉，美味無比，試試就知。如遇新鮮者，擇而購之，肉販都會稱讚你。

在市場遊蕩之間，忽然，你的眼睛會一亮，因為你看到一種新鮮得發光的材料，那你的腦中即刻計算要以什麼菜去陪襯它，然後便要狠狠下手去買，貴一點也不成問題。

菜市場的菜，貴極有限（貴不到哪裡去），少打一場麻將，少輸幾場馬，足夠你買任何一樣東西。

逛菜市場是最享受的時候，有如追求女人，等到下手去買，便等於上了床。

只有錢這個兒子，最孝順最聽話

在一個地方住久了，就有所謂的人脈了。

像一片樹葉中的脈絡，我們認識的人也布滿了整個社會，是多年累積下來的關係，只要一個電話，就可以找到需要的人幫忙。

中途移民，這些人際關係又得重新建立，的確很煩。這是到陌生地方最不便的事。

除了本身工作上接觸的人，我們至少要認識一些醫生、律師、會計師等，生活在一個都市中，才能如魚得水。

但是這也要看性格，我是一個極不願意麻煩別人的人，就算與對方熟絡，得到的方便，也要以雙倍、三倍以上的各種方法去報答，這才能心安理得。

除了上述幾種職業，我發現我還少了一樣人物，那就是電器師。我對電器一竅不通，又很不願意學習，家中電器一有毛病，就不知怎麼處理。

連最簡單的傳真機我也苦惱，買普通的常壞，一氣之下，到日本去買了一台最先進的，但是照樣傳不進來。

年輕朋友自告奮勇，替我一弄即好，從此要是收不到的話就要請他上門，結果變成互相的心理負擔。

又買了一台專看翻版影碟的機子，友人答應替我安裝，但年輕人善忘，一拖再拖。我又不好意思催促，如今還是放在家沒動過。

還有些解碼器，也是如此下場。

今天決定到電器行中請人，多貴都不是問題，想得到就得到便是。吾垂垂老矣，最不能忍受不方便。

母親最愛說笑話：「我還有個兒子。」

「什麼？」我們都叫出來，「何時出現一個兄弟？叫什麼名字？」

「叫錢。」母親說，「這個錢兒子最孝順最聽話。一傳就到，不必等。」

存貨越多，心境越平靜

大家讀到這篇文章，也許快樂，或者無趣，但對於作者，是心驚肉跳。

為什麼已經登了出來？以為還存了多篇稿件，但一見報，已知無貨，急得放下一切，趕快伏案埋首。

每天一篇的壓力實在太大，在外國除了漫畫之外，都是一個星期一篇的專欄，從來沒見過加倍付出血汗的。常向朋友解答如何減壓，但是自己不懂得消除交稿的煩惱。

「為什麼不多寫幾篇？然後再一大一篇，壓力就沒那麼大了。」朋友說。

真是風涼話，叫他自己來寫寫，才知死。

當然可以把眾多瑣事拿出來獻寶，但究竟可讀性不高呀。

「你需要多少時間才寫成一篇？」友人問。如果我回答說半個鐘（粵語裡指小時），那絕不真實。

「需要二十四小時。」我回答。

「鬼才相信！」友人說。

所以非叫他親自試過不可。寫，坐了下來，動筆罷了，但是思考時間，是沒有停過的。做夢也問自己明天要寫什麼。

我們一直在搜尋題材，保持頭腦清醒、感覺敏銳，見到任何事，都問：「夠不夠資料當成一篇文章？」

這是無時無刻不在進行的「儲蓄」，比把錢存進銀行還難。想到一個重點，即刻藏入腦中，存得越多，心境越是平靜。

一片空白時，便坐立不安，像奈勒斯失去了他的安全被單，隨時隨地昏倒。

說、說，舉起筆，又寫了，管他的，好壞是一件事，寫了再說。

這麼一來，有如老骨頭煲湯，越煲越淡，目前就是這個現象。

多希望後浪推前浪，讓一些新朋友來淘汰，但還是像張徹電影的主角，身中多箭，還是站得直直的，不肯倒下。

每天勤奮練習，怎會不進步

七月要出一次遠門，準備畫些東西，須帶一大盒油彩、一個畫架。想起來，都是包袱，有點猶豫。

還是做女人好，她們的畫布，是一張隨身帶的臉。

至於顏料、粉彩、畫筆等，都非常袖珍，一個皮包便能裝入，令人羨慕。

畫皮再也不是《聊齋志異》中厲鬼的專利，現在女人個個會畫，技術高超。

在拍旅遊特輯時，有一位女明星嘉賓，由電視台安排，有時要到機場才知道是誰。

一次，有個面黃肌瘦的陌生女子站在航空公司櫃檯前，轉過頭來向我打招呼：「我是某某人……」

「啊，你是某某人的保姆。」我正想那麼說，好彩（粵語方言，指運氣好）講到「你是某某人」時即刻停下，因為她就是那個某某人。

這個像恐怖片中常出現的女人，第二天連早餐都不吃，等她出鏡時，她還是那麼仔細地一筆一筆地作畫。

走了出來。啊，完全變了一張臉，簡直是藝術家的傑作，一個活生生的達文西的《蒙娜麗莎》，向大家微笑！

怪不得畫得那麼好啦，天天練習嘛。一次花上兩三個鐘頭，多年歲月經驗的累積，怎會不進步？而且她是一個非常勤力的學生。

拍攝完畢，這女人即刻洗臉，還原真面目來，是一副小眼睛、大嘴、沒有眉毛的相貌，肌膚滲透出綠色來。

「為什麼那麼快就卸妝？」我打趣道，「花了那麼多工夫，豈不可惜？」

「你是寫書法的，難道每一幅字你都裱起來掛嗎？」她懶洋洋地說。

這個比喻好像不太通，但又似有點道理，總之聽了唯唯說是，俯首稱臣。

永遠保持正宗，是唯一生存之道

雖然說香港市道不好，餐廳生意難做，但這也是空前的機會，租金便宜了，地點任選，請人也容易。目前，是香港飲食業百花齊放的時候。

電視上也報導過，三個ＩＴ人失了業，跑去蘭桂坊開一熱狗檔，賺個滿缽。戲法人人會變，看你怎麼變罷了。

從前是香港人到中國大陸開分店，當今中國資本來這裡衝擊市道。

上海的「小南國」到中環開張，起初有一家滬菜館和另一家日本菜館，後者反應不佳，即刻將它擴充為一家更大的上海館子，東西不錯，裝修得也夠好。

杭州「張生記」也來了，在銅鑼灣的富豪酒店內，第一時間去試過，還沒正式營業，尚有改善之地，答應他們廚藝嫻熟了，再寫食評。

著名的臺灣小籠包店「鼎泰豐」開在紅磡，生意滔滔。日本拉麵店更是開通街。

街坊小食中有很多雲南米線店，香港人吃辣已成為習慣，不怕。

講到辣，泰國菜早已占據一席很重要的地位，九龍城的店鋪，開得燦爛。越南菜也有不少的擁護者。

俄羅斯菜、埃及菜也能在香港立足。義大利餐廳更開得不亦樂乎，其中在跑馬地利園廣場對面街的一家，更是和在羅馬吃到的味道相同，每星期直航機空運來鮮貨。

到底我們是一個國際都市，對外來的食物沒有保守的成見。

不像臺灣，臺北的外國餐，再過一百年也趕不上香港。

創業容易守業難。這些餐廳的大廚常問我：「要怎麼樣才能做得久？」我總是回答：「不折中，不迎合香港人的口味，永遠保持正宗，是唯一生存之道。」

這種意見，也只有成為國際都市人，才聽得進去。

心態好，即使年老也覺得年輕

對白蘭花的迷戀有增無減，在九龍城街市買完菜，就走過衙前塱道口，在七十一角落舖的隔壁田記花店買幾朵，才上班去。

可惜此花有季節，每年開兩次，夏天和深秋，過了那段時期，只有想念了。

今天習慣性地走過花檔，竟然被我發現。寒冷的歲暮，怎會有白蘭花？

「泰國空運來的。」黃太太說。

啊，怎麼我想不到？那邊熱帶，白蘭變了種，一年四季都開。

那麼微小的東西，裝在透明塑料袋中，一共五朵，背後還用一片剪成鋤形的香蕉葉襯著，賣四塊錢。

「一籮籮用冰鎮住，不然很快壞掉。」黃太太解釋，「我知道你愛白蘭，特地進貨。」

真感謝她的好意，黃太太在這裡開檔也有三十多年。已經六十多歲的她，前幾年先生過世，兒子手不方便，在家和媳婦兩人守著檔口。婆媳之間的關係，特別好。

「從哪裡買的？」我問。

「花墟呀。」她說，「每天五點鐘就去採購，我住在馬鞍山，三點多就起床。」

「哇，」我問，「那麼幾點收檔？」

「晚上八九點，」她說，「我睡得少。」

看見一盆盆的年花和桔子連著花盆，搬運起來也不容易。

「是花墟的人運來的？」我問。

「不。」她指著停在檔前的麵包貨車。走上前一看，裡面載滿花。

「誰駕？」我問。

「我自己呀！」黃太太笑著說。

檔邊常擺著五六張空椅，任由七八十歲老先生老太太休息，是黃太太從垃圾堆中撿回來的。

黃太太說：「和他們聊天，我覺得很年輕。」

總有辦法可以克服沮喪和痛苦

我愛一切活著的東西，最討厭的是擔心、難過、悲傷、痛苦、憂鬱和沮喪這幾個，我當它們是敵人。

要想消滅敵人，不用和它們去鬥爭，最好的辦法是躲避。

有人說吃東西可以抗拒沮喪，越悲傷吃得越多，這當然也是途徑之一。問題在於吃太多東西會發胖，那時你又得去擔心自己的體重。

和朋友上街，有人那麼勸你，但是，你想想看，已經很沮喪難過，還要在別人面前裝出個笑臉，那是一件多麼痛苦的事！

別以為天下只有你一個人懂得沉悶，連許冠文、吳君如也有悲傷的時刻。痛苦，不是你的專利。

你也許會說自己越來越老，所以沮喪也越來越深，不過實際上，悲哀和年齡沒有關係，報紙上年輕人跳樓的新聞是不稀奇的。

你或許會把原因推到窮困上，但是有錢人發神經、服藥自殺的例子也不少。

沮喪不分貧富、不分階級、不分年齡、不分性別，這個壞蛋說來就來，我們一定會遇到他，就像我們做人遲早患傷風感冒一樣，沒有什麼了不起，事後想起來，多數會變成一個笑話。

而且往往是莫名其妙的笑話。

我經常沮喪。

但是，我沒有時間沮喪。

對了，克服它，最好把自己弄得忙得要命。工作、讀書、看漫畫、看電影、看電視、散步、養鳥、栽花、打麻將、賽馬、賭狗，做什麼都行，只要不去吸毒，且切莫酗酒，別抽太多的菸就是了。

有時，就算你忙得交關（粵語形容詞，指程度深、非常），沮喪也會偷偷摸摸地來侵襲你。當你無處可逃，剩餘的最後的辦法只有面對它。

找一個地方躲起來，關上房門窗戶，緊閉簾子，獨自大聲嘶叫、痛哭一場。要不然，摔破所有碗碟（避免古董），在雪櫃（粵語方言，指冰箱）上寫「他媽的」三個字等，但是千萬不要踢爛電視機（會被電死的）。

當你做了以上的一切，你便會覺得自己笨到極點，而且，你哭叫太多了，會眼腫喉嚨痛，悶出個鳥來。

這時，試試打開門窗，讓陽光沐浴你的身體，走出去散散步，問人家這棵開滿花的樹叫什麼名字，買兩斤菜去炒炒，吃個齋，沮喪忽然逃得無影無蹤。

求神拜佛也是絕對有效的，擔保奇蹟會出現。我看過一個老太太在祈禱，問她靈不靈。她回答：「拜神時什麼都不用想，還管他靈不靈！」

美國人一沮喪，馬上就去找精神分析專家，目前的收費聽說是一百美元一個鐘頭。不過，通常他們只給你四十五分鐘，像按摩女郎一樣。

信天主教的還可以去找神父懺悔，這最合算，但是現在找神父的人越來越少，我認識的一個神父也說過：「那些縮頭鬼把我們的生意都搶光了。」

我們不流行這玩意，我們沮喪的時候只有自己解決。

八卦週刊最可愛，將報攤所有的都買下來吧！

這些週刊，至少可以使你進入八卦陣，忘記沮喪，也可以說得上沒有一本不好看。

如果嫌太貴，可去洗頭店減輕負擔。

漫畫更好，什麼英雄、什麼門、什麼郎，要不然就是日本的那些，保證你把沮喪忘得一乾二淨。

要是你什麼錢都不肯花，那麼只有粵語殘片，看張瑛、白燕哭得死去活來，你會感到自己最幸福。

鹹酸甜，日日是好日

小時候一生病，媽媽就帶我去一家叫「杏生堂」的中藥局看醫生。把把脈，伸出條舌頭，這就能看出病來嗎？我一直懷疑。煎出來的那碗濃藥將會那麼難喝，打個冷戰，但又想起喝完藥後的加應子、陳皮梅、杏脯，都是我愛吃的東西，這就是大人所說的先苦後甜吧。

病了最好是吃粥。我不喜歡白粥，但極喜歡下粥的鹹酸甜。

潮州人自古窮困，吃一點鹽醃的食物便能連吞三碗白粥，後來連菜也叫成「鹹」，吃飯的時候，父母總命令孩子：「別猛吞飯，多吃鹹。」

所謂鹹酸甜，便是專門送白粥的小吃。將各種材料醃成鹹的、酸的、甜的，簡稱「鹹酸甜」。

媽媽帶著我，從杏生堂步行至新巴剎。「巴剎」，是從阿拉伯語的bazaar音譯過來，「市場」的意思。這個新巴剎的客人以潮州人為主，露天菜市場中，有一檔我們經常光顧的鹹酸甜。

一位中年婦女挑著擔子，扁擔兩頭各有一個大鐵盤，上面一堆一堆的小菜，鹹酸菜是黃的，半截鹹橄欖是紫的，酸胡蘿蔔是紅的，色彩繽紛，未嘗味道，已經口水直流。

代表性的當然是鹹酸菜，老潮州人無此小菜不歡，像韓國人的金漬泡菜一樣。到今天，上潮州菜館時，桌上一定先來一碟鹹酸菜，好壞一試就知。此碟菜要是做得不好，那家餐館就別去了。

鹹酸菜是用芥菜頭醃的，釀製後發酵，產生酸味，切成塊狀，最後撒上南薑粉。高手做出來的鹹酸甜適中，味道錯綜複雜，一試便放不下筷子，吃到鹹死、酸死、甜死為止。

「死」字，潮州話中已不是字面上的意思，表示「很」或「非常」，並非不吉祥之語。

鹹死人的，莫過於一種叫「㸃昭」的小貝，它的殼一邊大一邊小，但夾得緊緊的，永遠剝不開。吃時只要用拇指和食指捏起，以拇指輕輕一推，便出現了又薄又細的肉，沒有吃頭，吞進口只覺一陣魚腥，再來便是完全的死鹹。

鹹中帶香的是小螃蜞，銅板般大，用醬油泡製，打開殼，裡面充滿膏，仔細嚼噬，一陣陣香味，好吃無比，是隻迷你大閘蟹。

近年已不見此種螃蜞，大概河水汙染，死光了，只在泰國才看到。泰國菜中有一道叫「宋丹」的，把生木瓜絲舂碎來吃，春的時候要下一隻螃蜞，味道才不單調。

上海人也愛吃螃蜞，上海的鹹菜之中，有許多和潮州人非常相似的。除了螃蜞之外，還有他們的「黃泥螺」，潮州人也吃，叫「錢螺雞」，這個「雞」字，凡是海產醃製的都叫「雞」，只是個聲音，真正的字我查不出是怎樣寫的。

細心食之，會發現上海黃泥螺比潮州的大，肉肥，殼較厚，這種指甲般大的螺，放在口中一吸，整塊螺肉入嘴，剩餘透明的殼。潮州的肉小，但較柔軟，吃了沒有渣，各有特色。我還是喜歡上海的，現在也可以在南貨店中買到，裝在一個果醬玻璃瓶內，但嫌它太鹹不能多吃。最近發現上海老鋪「邵萬生」有此產品，包裝得漂亮，螺肉大，不太鹹，可以一連吃二三十粒也不口渴，但一罐也要賣六十多元港幣。

潮州鹹酸甜中，鹽水橄欖不可不談，它有整節拇指般大，外層黑漆漆，已被浸得軟軟的，一口咬下，肉是紫顏色，三兩下子便吃得只剩餘那顆大核。等大人吃完後，收集了五六粒，便放在地上拿鐵錘來擊之，碎得剛好的話，果仁完美地裂出，吃了有陣極特別的香味，比花生、核桃好吃數十倍。但是敲得不準，核斷成兩截，仁鑲在核中，只好用牙籤挖，一定不能完整地挖出來，只能吃到那麼一點點，非常懊惱。

有時小販也將黑橄欖的核剝出，留下兩截肉，壓得扁扁的拿來賣，稱之為「欖角」。這又是另一種製作的方法，加了糖，鹹中帶甜，從前買了就那麼吃起來。現在偶然在街市上看到，見蒼蠅叮在欖肉上，已不太敢吃。最後還是買回來，用冷水沖一沖之後，鋪在魚面蒸，是道很美味的鹹。

大芥菜切塊後，用魚露醃之，也是我最愛吃的，它的味道有點苦，也有點辣，很吸引人。因為太喜歡吃，後來自己學會製作，改良又改良，現在家裡做的芥菜泡菜，水準已遠超小販賣的了。

我家的泡菜，放大量的蒜頭，加泰國朝天椒，添少許的糖。魚露的腥氣讓蔬菜中有肉味，並非只是素菜那麼簡單，泡了數天，又有點酸味。

吃起來，甜酸苦辣，和人生一樣，有哀愁，也有它的歡樂。

經過物質貧乏的日子，只靠泡菜下飯，人生堅強得多。現在超級市場中任何東西都有，人們只懂得享受，不能回頭，我慶幸自己沒有忘記簡單、淳樸的過往，什麼事都難不倒我。吃泡菜和白粥，照樣能過活。

鹹酸甜，日日是好日。

「壓力」是心態，不是藉口

為什麼不再寫劇本呢？我問一個認識的人。

對方搖頭嘆氣：「上一個很成功，下一個就難寫了，壓力太大，壓力太大。」

壓力？做什麼事情沒有壓力？除非根本不負責，不顧別人生死，才沒有壓力。

因為壓力，而把要做的事放棄了，那也是一種消極的解決辦法。

但是，明明知道非做不可，卻一直因為壓力而拖延，那麼，壓力已經是藉口。

人生的過程雖說短暫，但要走完這條道路也頗為漫長，回顧一下，從前覺得要生要死的事，不也是都已成為過去？有時，你還會對當年的無知發出會心的微笑。

我是一個不懂得什麼叫作「壓力」的人，大概是我的腦子缺少了一根筋。我的人生哲學是：做，成功的機會是50％；不做，是零。

做人可以立品、立言、濟世，那當然最好。年輕的我，也曾想過。現在垂垂老矣，不再做悲憤狀，但不杞人憂天，學史努比跳春天的舞，叫道：「一百年後，又有何分別？」

「壓力」只是心態，肉體的無能才是致命傷。

默默耕耘，名利自然可以得到

一直嚷嚷著淡泊名利的人，大多數是最愛名利的。像我，就是其中之一。嘻嘻。

有什麼不好呢？得不到才罵不好，得到後就全身舒服。試想搭私人飛機到瑞士高峰滑雪，吩咐船長把遊艇駕到地中海曬太陽，每天享受天下名廚手藝，每晚由各國美女陪伴，再蠢的人，也不會說不好。

問題出在人類本身犯賤，擁有名利的人並不一定都開心。因為他們要更多的名利，就算得到了，他們又去羨慕那些歸隱田園的。

煩惱永遠跟隨著。女王也有女首相不買她的帳，回家後自己的媳婦也要氣氣你。

怎麼得到名利？你問。

容易。帶把玩具手槍走入金舖，大喊「打劫」，明天你的名字和照片就會出現在報紙上。語不驚人死不休也是一個出名的好辦法，不一定要犯罪。叫人去跳海，香港報紙上絕對會記載。

名利事，只要一步步默默地耕耘，自然會產生。那算得了什麼名利？你說。就要看你對名利的標準是怎樣的。得到親戚朋友的愛戴，是「名」的開始；住得安定，各得開心，是「利」的養成。

成就不在於外在物質，而在於內心的滿足感

活到現在，你我都回顧一下，做人有什麼成就？

首先，要清楚「成就」只是一個觀念。你我對成就的看法是絕對不同的。

一般人認為名與利便是成就，但是有名與利的人不幸福的例子太多了，認識一些有遊艇的朋友，他們多妒忌旁邊的人的船比他們大了一英尺，也見過些國際聞名的藝術家，痛苦自己不能再一次突破。

多數追求名利的人，到了晚年卻後悔沒時間去好好享受過，而且，在過程中他們只有名利一個目的，生活趣味越來越少，變成老頭時，他們自己悶得要死，也會使旁邊的人悶得要死。

我並不是虛偽到認為有錢不好。比有錢更不好的是有錢不會花，而且，許多有錢人缺乏品味去花錢，他們只會穿穿名牌，駕輛賓士。他們不懂得栽花養鳥的樂趣，不知道徠卡相機是好相機。

遇到個億萬富翁，我說：「我要是像你那麼有錢，就會買架私人飛機，載自己到各國去玩。」

他回答：「那才是真正有錢。」

我驚得由椅子上跌下來，他的錢要買十架飛機也是小事。

他的所謂成就，我想，是安安樂樂地在自己家裡壽終正寢罷了。

論做事的積極態度，我比許多人強

要保持年輕的體形，對上了年紀的人來說，根本是件難事。

「你再瘦一點才好看！」

「你的肚皮為什麼不消一消？」

「你快點去把那頭白髮染了吧！」

什麼？

老就老了，老人有個老人樣，是個有尊嚴的老人相，改變來幹什麼？

誰沒年輕過呢？翻看從前的照片，大家都有一個莎士比亞所說的「消瘦又飢渴的樣子」，步入中年的肥胖，是自然的。

「你沒有看到某某人，六十多了，還那麼健康，一點肥肉也沒有，這都是他們運動的緣故，你整天大吃大喝，什麼都不做，怪不得身材越來越難看！」

誰不知道運動會燃燒卡路里，但這些人一運動，便一生要做運動的奴隸，一旦停了下來，還不打回原形？

人生的每一個階段都是美好的，何必爭取那不必要的假象？

要保存的，是頭腦的青春。

要留下的，是童年的一份純真。

時下的年輕人，和他們談話，總覺得他們不停地用什麼「命裡沒有的，莫強求」「都是緣分作怪」等老人語。更糟糕的，是他們把這些似是而非的短短幾個字，用了一個鐘頭去對你勸說，講了半天，不過是：「汝，三思而行。」

我一直當他們是長輩在教訓我聆聽，點頭唯唯稱是。

對做事的積極，我比許多人強。我不斷地說：「做，成功的機會是50%；不做，機會是零。」

我重複地認為和年輕人之間有代溝——我比他們年輕，他們比我老。

與樸實的人溝通，令思想得到平衡

「你好好地寫作就是，何必去拋頭露臉？」友人常勸我，「出鏡，你那肥胖臃腫的樣子，令大家失望。」

我聽了總是笑笑不語。

能確定的是，名與利，對我來講，只是奴隸，我是它們的主人。有時，它們會慢慢地膨脹，那便要打打它們的屁股。

名氣帶來的不便之處很多，比方說不能常去九龍塘愛情酒店走私等。

至於利，許冠文曾對我說過：「最先，要求一個金勞力士。後來，要求一輛賓士，但是能吃多少？能喝多少？能用多少？銀行裡的存款，多一個零和少個零，分別不大。」

說得也是，但很難做到。可以努力，別讓它來控制你。

出名的好處是，人家知道你是什麼人，可以放心和你交談。

與別人的溝通，對我是很重要的。凡是不懂的，我有打破砂鍋問到底的習慣。陌生人對我的戒心不大，有利於我。

問小販們：這種菜、這種肉，是怎樣的煮法？他們天天賣，當然最熟悉了。我的食物和烹調的學識，多數是從他們身上學來的。

有時在熟食中心坐下來，和旁邊的家庭主婦交談幾句，也是稱心樂意事，這些人都是出自真情，絕對不虛假。在工作上遇到的人，大部分希望從你身上得到什麼好處，和他們相處一久，對人類就越來越絕望。

與一群腳踏實地、辛勤幹活的人談大，像吸入一口新鮮空氣，永遠帶來舒服的感覺。偶爾，從他們的身世中也能編出動人的文章來。

我很需要和樸實的人溝通，令我自己的思想得到平衡，要不然，在這個複雜的環境中生存，會瘋掉的。

最重要的還是先對得起自己

世界上有兩種藝術：一種像梵谷，默默耕耘，潦倒窮死也不打緊；一種像達利，拚命宣傳自己，名利雙收。

梵谷的畫是不朽的，但是達利也能在繪畫歷史上占重要的一席。前者的藝術創作在痛苦中產生，後者卻吃喝玩樂，兩個人截然不同，喜歡哪一種，見仁見智。

做一個藝術家實在不是一件容易的事哩，從學會畫，就拚命地掙扎，想自己的作品走出一種獨立的風格，要這風格被大眾接受，才能成名。

在成名之前這段過程就要人的老命，畫沒有人賞識就沒有人買，沒有人買就沒有麵包。一兩個月熬過去，一兩年也忍了，後來竟有無窮無盡的等待。那時，自己的信心經不經得起考驗？以為就此一生默默而終，半途而廢的人不計其數，成功的例子被宣傳之前，已有多少個失敗者？

過程之中，又有多少藝術家開始變成商人。他們要遊說投資的畫商，要收買刻薄的批評家，要排擠朋友親人而讓自己的畫有多一點機會成功，這真是太可怕了。

即使能做到開一個畫展，鞠躬作揖地請什麼名流政要來剪綵，參觀的人並不一定懂得畫家要表達的東西，那便要向他們解釋意圖。畫要人家來買，巴結庸俗的有錢人，讚美他們淺薄的看法，同意他們無理的批評，忍受他們作嘔的態度，這一來，藝術是不是已經變了質呢？

成了名，作品上又要求突破，要求走入一個新的階段，這是多難的事？求新要不斷地吸收，吸收多了變成抄襲的例子也不少。就算你想出一些新意，但這新意是否會被人接受？那是大問題。

突破成功，過了幾年，又需要另一個突破，是否能一直保持在高峰的水準？新的一代已經擠出頭來，不能持久等於藝術生命的夭折。

不單是畫家，所有做藝術工作的人都有這種苦惱。如果走上這條路，就要選擇。最重要的還是先對得起自己。

送同好東西，自己也快樂

和團友麥氏夫婦的交往甚深，他們常到九龍城街市三樓去吃早餐，時而見面。

麥先生就是讓我猜他的職業，我五十次都猜不到的人，原來他在製造將阿拉伯文變成英文的翻譯機，世界上沒有幾家。

麥太太為人風趣，長得玲瓏可愛，他們沒有孩子，養著數隻小狗，自己開廠，隨時可以放下一切去旅行，除了擔心寵物的起居。

兩人酒量都極好，跟我們去北海道時，被粗口大王拉去喝，日本有種任飲唔嬲（粵語俚語，指不生氣。任飲唔嬲，即隨便喝都不生氣）的制度，繳上兩千日圓就行，但是有個條件，就是只能留在酒吧中兩個小時，過了又要付錢。一行人去大喝特喝，也不是為了省錢，好玩罷了，反正要證明誰是冠軍，這是個好辦法。

第二天看到他們一群人，個個臉色青青，美食當前，一點也吃不下去，我倒啤酒給他們，大家看了掉頭就走，去洗手間把剩餘的膽汁都貢獻出來。

做生意的人，對尾禡（即尾牙，現多指公司年會）很重視，麥氏夫婦每年都隆重地大肆宴客，還老遠請來幾位阿拉伯代理商，我也參加過，看到阿拉伯人都是大胖子，猛吞香港海鮮，表情甚為幸福。當然啦，去過阿拉伯的人，都知道他們的食物絕對不能和中國菜媲美。

和麥氏夫婦交談，發現喜歡相同的東西很多，比如說暖氣，他們就和我一樣愛用火水（粵語方言，指煤油）爐，聽說我從日本搬了幾架回來，心癢癢的，上次去大阪，大風大雪，到處找，結果沒有稱心的，當今日本火水爐卻要用電線拉電，不方便。

今年在新年的金澤團茶會中又遇到麥氏夫婦，我答應這次和他們一起去購買，萬一再找不到，我就把自己那個讓給他們，設計為一個古老的船燈，非常漂亮，火生在玻璃罩內，半夜起身欣賞，尤其清雅。

送同好東西，自己也快樂。

既要有正業，也要有副業

前一陣子，一位日本的導演，七十多歲的人了，老遠地跑來，說非見我不可。目的是要拍一部《孫中山先生傳》的戲，須投資一億元港幣左右。

「怎麼回收呢？」我問。

「日本的青年，需要認清歷史，我們召集他們，成立一個會，單單是會費，已經有兩億以上的收入。」他說。

「那麼不需要香港的投資了。」我說，「這個會，已經成立？」

「還沒有。」他回答。

我知道這是一個空談，但是老人家，怎能傷他的心？

做電影導演的，光輝日子過過，一定念念不忘，至江郎才盡時，也不認輸，永遠覺得自己還是年輕的，盡地一鋪（粵語辭彙，意為橫下一條心，孤注一擲），賭它一賭，讓全世界的人看看，我寶刀未老。

在電影界浸淫已久，這些人物不斷地出現，怎麼去勸他們呢？

但求上蒼，自己不會步其後塵。

我常說，遙遠的人生之中，不應該只做一件工作，這不單是指電影導演，而是任何行業都一樣，大家在本行之外培養個興趣，研究成專家，發展成另一番事業。

人有了多種職業和興趣，看起事件來比較立體，不像只懂得一行的人，死鑽牛角尖，常做錯誤的決定。

在本身的工作不景氣的時候，便轉入副業，休息一陣子，看準時機，再回到自己喜愛的工作的懷抱，也不遲呀。

我沒有給那個日本導演太絕情的回覆，他存著希望回去，但我一直問自己，是否騙人？會不會更加殘酷？

好在，今天接到個電話，說此人已在兩日前逝世，這才鬆了一口氣。

要整容，不如先整心

看到新加坡的一則消息，有個叫沈羅連的醫生拚命替女人拍照片，從十八歲到四十歲，已經拍了一萬個。

沈醫生是因為他的職業而這麼做的，他是位整容專家，但是要求女人讓他拍照時還是有困難的，他說：「她們帶著懷疑的眼光看著我，把我當成色狼。」

好在，有個女實習醫師幫他的忙，先代他搭路（找門路，拉關係）才順利地完成工作。他認為把新加坡女子的面貌綜合起來，找出一個理想的樣子，好過模仿兩方女人。

「我們的女子雙眼之間隔得太開，」沈醫生說，「鼻子太大又太扁，額頭太凸。但是這些缺點調和起來，還是有東方味道，如果根據洋妞去改，反而是四不像。」

一般，新加坡人認為電視明星鄭惠玉的樣子相當理想，但是能有多少個鄭惠玉呢？稀少才覺得珍貴呀，大家都像鄭惠玉，那麼新加坡人就會欣賞那些額頭小、雙眼間寬、鼻子大的女人了。

我認為自然還是可愛的。

沈醫生有不同的見解，他說：「其他的整容醫生對雙眼太寬的解救方法是，把鼻子弄高，將鼻孔改窄，但這麼做便不像一個東方女子。我的方法是將鼻端弄得更尖。」

哈哈，尖了還不是那個鬼樣？

整容的女人，是沒有自信心的女人。整過之後，一生便永遠戴個假東西在臉上，何必呢？而且整失敗的話永不翻身。如果成功，那更糟，會上癮的，這裡整整，那裡整整，又跑出個黃夏蕙（香港息影藝人，因整容多次而受到注意）來。

美，的確占便宜，但是短暫得很，不會做人的話，一下子便生厭。有些女人初看平凡，但是越聊越覺得她們有味道，這完全是腦筋問題。

把錢花在增廣學識上，或多旅行令心胸廣闊，這是基本。要整容，不如先整心。

別人不贊同，哪管得了那麼多

在街邊的大排檔吃小吃，許多人認為並不太光彩：家裡的「御廚」做得一手好菜，何必去幹這種蠢事？名餐廳的老闆聽話得很，為什麼要去街邊？

其實，能夠到大排檔去，是代表了他們對人生有極大信心和有著極大自由。

不去大排檔主要的理由是：

一、為名所累。試想國家元首到街邊去，那麼保安隊非得在地上畫一圓圈，把上下左右的街道都封鎖。眼睛看到的全是ＣＩＡ（美國中央情報局），哪還有什麼滋味可言？

大家認識的明星和名流，吃得也不舒服，圍了一大圈人求簽名。隨意地將骨頭往地上一吐，明日即見報。隔座的醉酒青年，也許認為打倒你是一種光榮，的確令人感到煩惱。

二、為利所害。請客戶去街邊怕顯得自己寒酸，做不成生意。

三、怕死。哎呀，那麼髒！寧願在家裡吃即食麵。現在有一點身分了，身體要緊，沒有健康什麼都是假，萬一染到慢性肝病還得了？

以上這些人真是太可憐。他們永遠嘗不到立體的味道和氣氛。

大排檔是那麼繁忙吵鬧，嘈雜的高談闊論、熱辣辣的菜色、草草的杯盤，打破家庭料理的單調，建立起雙方的友情，是庶民的「聖地」。有時也很寧靜，與非自戀者在一起，吃碟炒蜆，互望對啜，的確寫意。

但也要有緣分，友人的建議並不一定合自己的胃口，高手名廚忽然迷上馬經，客氣的老闆娘遇上更年期，與你同往的友人堅持要把碗碟再三擦淨，都能破壞情趣。

應為自己的愛好和自由去大排檔吃。

別人不贊同，哪管得了那麼許多！

有天才與否不要緊，總要有個「真」字

搬家，東西太過凌亂，只有出來住飯店。現在清晨一點，對著牆壁，想寫稿，但隻字不出，只能瞪著那幅畫發呆。

為什麼每一間旅館房中，非掛一兩幅畫不可呢？大多數是山水花卉鳥蟲，寫意者居多，工筆畫很少。

飯店建立時總會請幾個作畫者，幾百上千間房，每人負責一部分，一定要大量生產，畫得多了，就偷工減料，越來越糊塗了，不肯工筆，反正住客的目的在於休息或者偷情，誰有心情來看畫呢？馬虎一點算數（意為得了，好了）。

所以變成抽象了。看的人不懂，畫的人也不懂。抽象畫最難，要經過嚴格的基本訓練，寫實的也要畫得很好，才能把形象打破，成為感覺。但是這些所謂的畫家，基本功沒有練好，就出來塗鴉，臉皮之厚，令人作嘔。

即使基本功不肯去學，要踏上藝術這條路，也得有靈氣呀！

什麼叫「靈氣」？只能舉實例來解釋：小孩子的畫，都有靈氣，他們的思想還沒被世俗汙染，天才與否不要緊，總有個「真」字。

而「真」，時常是靈氣的起源。

色調更能影響情緒，飯店中看到的多是灰暗的東西，令人消沉。要不是對方特別誘人，也引不起興趣做那一回事，為什麼不能多點燦爛的陽光？為什麼不是五顏六色的花朵？偏偏是看了不想去遊玩的山水！

作畫者還多數只簽個名字罷了，連詩也不肯題一首。書畫嘛，書行頭，不懂得書法的畫家，好極有限（好不到哪裡去）。

就算名字那簡簡單單的兩個字，也像死魚一般腥臭，蛇頭鼠尾，俗不可耐。與其付錢給這幫半桶水，不如請一群兒童來作旅館畫，看起來清心，就算借房間來幹調皮事，也沒罪惡感。

聽人講話，是一門很深奧的藝術

到一個小島去旅行，見到土特產，便去購買，店裡的老頭態度極差，我一氣之下，就走到別家。和我一起的朋友卻和他嘰嘰咕咕地談了半天。他走出店來，帶我到一家很別緻、價廉物美的餐廳去吃了頓豐盛的飯。

「你也是第一次來的，怎麼知道這家餐廳？」我問。

他說是店裡的老頭介紹的。

「那傢伙？太沒有禮貌了。」我說。朋友同意。不過，他解釋道，只要你對他友善，耐心地聽他講話，你就會得到很大的收穫，像這頓午餐，就是證明。

從此以後，我學會了聽。聽人家講話，是一門很深奧的藝術。

多數人喜歡很主觀地發表自己的意見，一點都不注意別人講什麼，那麼他們會缺少許多有趣的見聞。所有的人都有他們多年積蓄下來的經驗，只要我們肯去聽，一定能夠發覺很多樂趣。

要學會聽，自己先要有誠懇的態度：少講，多問，別人自然地會打開話匣子。當然，也要付出一些代價，十個故事中總有幾個沉悶或是你聽過的，但是得到其餘未聞的人生經驗，已受益不淺。

比方說去市場買菜，問問賣魚的，或是你身邊的家庭主婦，便常會得到一些意想不到的食譜；去看盆景展覽時，留心聽一聽，會學到許多植物的知識。

遇到舞女大班（老闆），她會告訴你現在的夜生活女郎已不是被逼入火坑的了。

老人家對昨天的事會忘得一乾二淨，但三四十年前的風流，卻記得清清楚楚，和他們聊天，他們的生活就是兩三個好劇本，不過要忍耐他們的重播。如果做不到這一點，一切便是白費的。

聽多了，知道了好處之後，你就會變成一個多姿多彩的人。

常發覺有另外的人圍繞著你，喜歡聽你的故事，但不要犯老人家的錯誤，先問對方：這個故事我講過給你聽了嗎？

朋友之中，多數是要把人的意見變成和自己的一樣，這便是無謂的辯論。聽人家講，講給人家聽——這便是思想的交流。

人要對自己好一點，才有愛心去對人

好友的父親患癌症，切片下來，證實有毒，現在等著開刀。能怎麼安慰他呢？

自己又不是醫生，就算是，也束手無策，這是世紀絕症，至今還沒有解決辦法的呀。要幫的，應是活人。人，要對自己好一點，才有足夠的愛心去對待別人。

生老病死為必經道路，壞在人類的詩歌小說中，將這四樣東西看得太重，永遠是歌頌，從不教人怎麼去接受。

墨西哥小孩吃白糖做的骷髏頭，他們和死亡經常接觸，對它的恐懼消失。葬禮上，大家放了煙火，唱唱歌，悲哀的氣氛減少。

天主教也好，認為走了就上天堂，本人安詳而去，送終的也為之歡慰。話雖這麼說，輪到自己，親愛的人死亡，還是痛心欲絕的。

三年前，家父去世時，天下多少宗教或哲學，都不見效。家父年九十，我們做兒女的並非沒有心理準備，而是不肯去接受事實，不知怎麼面對。

曾經讀過詩篇，曰：讓我走吧，留我於心，你我都不好過。

是的，我們怎麼不能從逝者的角度看這一回事？的確，我們太多的愛，過剩的情，對死者是種負擔。人去了，還要連累活著的幹什麼呢？簡直是增加他們的麻煩，死者去得不安。

老人家還活著時，盡量陪伴著老人家吧，讓他們活得一天比一天更美好。要是他們還是憂鬱，也不必勉強，總之只要常在他們身邊，已足夠。

對病患者，我們常說願意以自己來代替他們，這是不可能的，但是可以用他們的逝世來訓練自己——有一天自己臨走，怎麼去安慰身邊的親人。我們會發現，原來，死亡是我們的老師，還能從中學習。

容納不同的觀點，有趣得多

發現越來越多的人喜歡把朋友放在天平上。他們很仔細地觀察：這個友人的行為是否符合自己定下的標準。

一有差錯，便把這個朋友打入十八層地獄，永不超生。

朋友已經不是人類，是一種抽象的砝碼。

唉，真辛苦。

交友之道，古人也常說，喜之則合，惡之則散。淡淡的友情，舒服的傾訴，人生一大樂趣。

何時，我們忘了，和朋友聊到天亮還不肯睡覺的往事？

我不喜歡年輕的自己，十分無知，只會傷害別人。唯一留戀的，是那份交友的熱誠——毫無條件，不帶批評，盡情地享受和對方的談話。

年紀大了，對友情的懷疑，完全是被出賣得多的結果。所以，又只好把朋友放在天平上了。

人類有數不清的缺點，我們先忘記自己的。交友，應該從原諒他們的缺點開始。

一種米養百種人，我們又為什麼不能容納不同的觀點呢？那才有趣得多呀。

交友必須謹慎，老人家常勸導我們。我們看到老人家孤苦伶仃，又怎麼會相信他們說的話呢？不會被出賣的只是有血緣關係的親人嗎？那倒未必。朋友比親人好的例子更多。

睡不著的話，別數綿羊，算算一生之中，有多少個朋友吧。才發現五指用不完，更加失眠。

為什麼我們不能把被出賣當成預算呢？如果要多幾個朋友的話。

我們把朋友放在天平上，他們何嘗不在衡量我們？

對朋友的要求太過苛刻，自己已經不是人，是個地獄的判官。

做判官，很痛苦，你去做，我去交朋友。

花開花落是尋常，何必認真

又是木蘭花開的季節了。

喜歡木蘭花，都是因為它那陣香味，尤其在晚上和清晨，香味聞了令人精神一振，有時令人昏昏陶醉，它的味道，沒有其他花兒能夠代替。

小時候，家的窗外種了一株木蘭，植於缽中，可憐楚楚也開了三四朵花，後來見它開了十多朵，驚訝於它的成長。

往外頭跑，才知道木蘭可長成小樹，與自己的身高一樣，花開得更茂盛。為求理想，漸漸地，忘記木蘭花長得多高。

略為安定，又看見木蘭，它只有一個毛筆蓋子那麼大，花瓣有時六片，有時八片，像一把合起來的雨傘，發出清幽的香氣。

年紀漸長，一年一度，又聞木蘭香味，它在哪裡？抬頭一看，變成一棵蒼勁的樹木，往下俯視，所結花朵，成千上萬，可惜花兒壽命極短，落滿地上，化為泥。

見到四五十歲的婦人，年輕兒女偷偷地說：「把這木蘭花插在髻上，這麼一大把年紀，還那麼愛美！」

現在，年輕兒女已是四五十歲，拒絕叫自己老人家。取笑別人的人被別人取笑了，是報應。花開花落又花開花落，瞬息間的事，唉，何必那麼認真？何必那麼傷感？最主要的，還是把握住發出香味的一刻。

4

一切看開、放下，人生便豁達開朗

Live a cheerful life

年輕時，
歡笑止於歡笑，
對笑的認識太淺。
到現在才知道真正悲哀時，
眼淚是流不出來的。
眼淚，
只有在笑的時候，
才淌下。

我只想做一個人

朋友問：「一九九七年來臨，你想做什麼地方的人？中國人？美國人？加拿大人？澳洲人？新加坡人？」

我回答：「我只想做人。」

「你不就是人嗎？」朋友訝然。

「不一定。」我說，「現在的人，好像都不是人了。」

劉曉慶自然最明瞭，她說：「做人難，做女人更難。」

的確，做女人不容易。在西方，動不動就被人家罵為「母狗」（bitch）。一閒下來，就有人說她們是「懶貓」。做了別人的女朋友，便是他們的「菜」，一旦嫁了，不必被人家叫「菜」了吧，但已經是家中的「母老虎」。

胸部一大，成為「大哺乳動物」；胸部平一點，人家說瘦得像隻「馬來雞」。和已婚男人來往，變成「狐狸精」。但是女人自己也不好受，叫了幾聲，就是「河東獅吼」了。

怪不得劉曉慶說做女人真難。不是植物，也要變成畜牲，哪裡是人？

但是劉曉慶還不知男人之苦。男人之苦，比女人多出一百倍來。

當小孩的時候已經不是人，是「細蚊」（像蚊子一般細小，意為小孩）。

頑皮一點，變成「馬騮」。

略為不醒目，南方人說「蠢豬」，北方人說像「驢一般蠢」。

長大之後，「做牛做馬」。

熱情幫助別人，是「豬八戒照鏡子，兩面不是人」。

事業上有點成就，人家說你是「大鱔」！

得了一個荷蘭水蓋（香港俚語，指英殖民統治時期授予的爵士勛章和紳士勛章），就是「阿蛇」（Sir）。

主意多一點，是「捉蟲入屁股」的「蟲」了。

略為怕事，便是「紙老虎」。

多看女人幾眼，十足一個「色狼」。

男人不只是畜牲和爬蟲，有時會變成性器官，暫時擱著，等遇見黃霑時由他親口一一說明。

「所以，」我對朋友說，「我只想做人。」

朋友大罵：「你不是人？是鬼？」

做鬼？我可做得多了，被人常叫的，便是「酒鬼」。節省一點，便是「孤寒鬼」。打幾圈麻將，便是「賭鬼」。看不慣俗氣的事，便是「勢利鬼」。吞雲吐霧，便是「菸鬼」。為了生計，拍幾部三級片，是出了名的「鹹溼鬼」了。

朋友有點同情我了，抱抱我，說：「你是人，你是人，我當你是一個人好了。」

我聽了好生感動。

「這一餐，我來請。」朋友說。

「不。」我堅持，「我從來不讓女人請客的！」

朋友即刻翻臉，指著我的鼻子：「原來你是一頭沙文主義的豬！」

唉，這一下子，又不是人了。

其實做大男人，先決條件是討好女人呀。你哪裡看過一個大男子主義的人不孝順他的媽咪？

雄性和雌性生理構造不同，過馬路時幫著看有沒有車，扶她們一把，也是應該的呀。

但是開車門、點香菸，太娘娘腔了，讓油頭粉面的小白臉「屁精」去做吧。

不讓我付帳，難道我和你一起吃飯，還要來個ＡＡ制（平均分攤）？那是和八婆才會做的事。

「什麼，」朋友已經歇斯底里，「你罵我八婆？我不是八婆！我是人！」

好了，現在你明白我為何說我只要做人就滿足了。

朋友略為冷靜，問道：「要做人，有什麼基本條件？」

給你開一劑藥，服了即刻能做人。

「藥？」朋友狐疑道，「你開的方？」

不是我開的，是無際法師的十味妙藥。

何謂十味妙藥？曰：好肚腸一條，慈悲心一顆，溫柔半兩，道理三分，信行要緊，中直一塊，孝順十分，老實一斤，陰騭全用，方便不拘多少。

「陰騭？什麼叫陰騭？是不是陰功（粵語方言，指悲慘）？」

陰功全用那還得了？陰騭者，是指默默然使安定的意思，與陰德同義。

「這種大道理我不懂！」朋友嗤了一聲，「做人，是難的。」

不做人不要緊，但是愛，非做不可。卿卿我我，來個原始點的愛情故事。至少，不做人，也可以化為蝴蝶呀。

朋友笑了，攜著手，進房去。

一生做人，愛恨喜惡分明

花，一定要香；水果，非吃甜的不可。

西瓜多數是甜的，除了一些一點味道也沒有的，但也不至於酸。友人是個水果大王，一看即知：「受了內傷。」

被碰撞到的西瓜，肉質起了變化，不但有股異味，口感也不佳。

有些已起偏見：奇異果一定是酸的，但事實並非如此，黃色的奇異果還是甜的。

黃皮也有酸的印象，不過接枝後的黃皮不單很甜，而且完全無核。

葡萄亦有酸有甜，吃多了就分辨得出。澳洲有種又黃又綠又枯乾的Santana葡萄，甜得不得了。法國的雖皮厚又多核，但也很甜，外表是不可靠的，人也一樣。

甜並不代表好吃，要香才行。我這次去新加坡，見有榴槤，但不是季節呀，小販說要吃也可以，只是甜罷了，試了一個，果然如嚼方糖。味道的影響是那麼重要！

一生做人，愛恨喜惡分明，對水果的態度也是一樣的。酸就是酸，甜就是甜，沒有所謂的灰色地帶。要吃酸的，乾脆咬青梅嚼檸檬去。

我們做人，總是忘記自己年輕過

長輩託我買東西，身體不舒服躺在飯店裡，工作就交給自告奮勇去代勞的年輕人。

「走了好幾家店，買不到。」年輕人回來輕鬆地報告。

「盒子上有沒有地址？」是我的第一個反應，但是沒作聲。

翌日，犧牲睡眠，叫了輛計程車，找了又找，好歹被我找上門。買到了，那種滿足感是興奮的、舒服的，終於沒有讓長輩失望。

我們這輩的人，答應過要做的事，總是要盡了最後一分力量才放棄。

我並沒有責怪年輕人，覺得這是他們的做事態度，是他們的自由，與我們這輩的人不同罷了。

我這種搖搖頭的表情，似曾相識，那是在我父親的臉上觀察到的，當我年輕時。

上一輩的人總覺得我們做事就是差了那麼一丁點，書沒讀好、努力不夠、缺乏想像力，總是不徹底，沒有一份堅持。

看到那種表情，我們當年不懂得嗎？也不是。你們是你們，我們是我們。我們認為過得了自己那一關，已經得了。你們上一輩的，有點迂腐。

但也有疑問：自己老了之後，做事會不會像老一輩的人那麼頑固？

「那就要看要求我做事的人值不值得我尊敬。」年輕人最後定下自己的標準。

通常，越是在身邊的人越不懂得珍惜這種緣分。年輕人對剛認識的人反而更好，捨命陪君子就捨命陪君子吧！

漸漸地，年輕人也變成了一個頑固的老頭，他有自己的要求，有自己的水準，對比他年輕的已看不順眼：「做事怎麼可以那麼沒頭沒尾呢？我們這輩的人，不是那樣的。」

來，我們做人，總是忘記自己年輕過。「我們這輩的人」這句話，才會產生。

做人總會出錯，改過重來就好

今天，又做錯了一件事。提起鉛筆，把過程記載下來。

寫作人多用鉛筆，像史坦貝克（二十世紀美國著名作家）和海明威，記得亦舒也喜歡。當今的，別說鉛筆，什麼筆都不碰，改用計算機。

這管東西，名字中有一個「鉛」字，其實古代的羅馬人才用鉛書寫，到了近代，所有鉛筆裡面一點鉛也沒有，用的是一種叫石墨的礦物質。石墨最早在英國發現，產量很多，德國鉛筆全靠英國輸入。打了仗，禁運起來，德國人差點沒鉛筆用。當今發現打仗是錯的，大家通起商來。英國貨貴，德國人向中國買石墨。

中國石墨產量驚人，一早就輸出到美國去。美國鉛筆多數是黃色的，應該是他們認為來自黃皮膚的地方吧。

至於鉛筆頭上有塊樹膠擦，也是種錯誤，現代鉛筆的頭，用的都是人造膠，和樹膠拉不上關係。你用的這枝鉛筆，既不是鉛，又不是橡膠，除了木頭，都是假象。錯誤犯多了，犯久了，不去注意的話，也就當真了。我們生活在錯誤中。

做一枝鉛筆花費的木頭不多，但全球的人用起來，就是天文數字。人類發覺對大自然造成的錯誤，規定鉛筆製造商要種樹，種多少用多少，參加這個國際組織的鉛筆產品都有一個環保的旗標，注意一下才購買好了。

小時候一發脾氣，就把鉛筆往大腿上插，留下的石墨頭，久久不散。

做人，總會出錯。當今用鉛筆是提醒自己，錯了就用橡皮擦擦掉算了，重新來過，沒什麼大不了的。

做人要懂得花錢

和丁雄泉（畫家）先生相處數日，從閒談之中受益甚多。

「有些人一賺到錢，就說自己有多少財產也算不清楚。」丁先生說，「我的錢沒他們多，我知道我有多少錢，但是，問我畫了多少幅畫，我也算不清楚。」

吃飯時，見菜單上有醉蟹，即叫一客。

「您不怕生吃有細菌嗎？」作陪的人問他。丁先生瞪了一眼，好像在說這種問題你也問得出，照吃不誤。

看著醉蟹的膏，他說：「你看，多麼像海膽。」

侍者拿了一個吃大閘蟹的鐵夾子放在旁邊。丁先生一下子把整碟醉蟹吃光，剩餘蟹鉗，就放進嘴裡把硬殼咬個稀爛，七十多歲的人了，牙齒還那麼好，我叫侍者把鐵夾收回去。

畫展之中，丁先生感覺和客人交談已經乏味。我們兩人就偷偷跑到隔壁的一家餐廳去，看到酒牌中有香檳，叫了一瓶。我只喝一杯，其他的由他包辦。畫展完畢後又去同一家餐廳，慰勞工作人員，再開五瓶香檳，他一人乘機又喝了一瓶多。

來了一位臺灣老大哥，開夜總會的。丁先生說：「盜亦有道，比很多高官好得多。」

老大哥請吃晚飯，丁先生又和他乾了滿滿的數杯白蘭地，面不改色。飯後老大哥邀請我們去他的夜總會，我說：「這種地方的女人庸俗得很，你酒喝多了，還是回旅館休息吧。」

「有女人的地方，總要去看看。」丁先生說，「對女人有興趣，才有生命力。」

「做人要懂得花錢。」丁先生褲袋中總有一大沓鈔票，「人家說花錢容易，賺錢難。我說花錢更加不容易，你看許多人死了，留下一大筆錢，這不是一個好例子嗎？」

做人，需要自己的空間和自由

「我們有子女的人，生活沒有你那麼瀟灑。」友人常對我這麼說。

這是中國人的大毛病。以為一定要照顧下一代一輩子。兒女，在中國人的眼裡永遠長不大，永遠需要照顧。

家庭觀念濃厚，很好呀，但是親情歸親情，自己也要快樂地活下去呀。

不會的。中國人一生做牛做馬，為的都是兒女。省吃儉用，為他們留下越多錢越好，他們不會為自己而活。不但教養下一代，還要孝順父母。這是中國人的美德，也沒什麼不好，但是有時所謂的孝順變成約束，把老人家也當兒女來管。

我這麼一指出，又有許多人要罵我了。你這個禮教的叛徒，數千年的文化，要你來破壞？你不是中國人，更不是人。

哈哈哈哈。中國人，都躲在井底。為什麼不去旅行？去旅行時為什麼不觀察一下別人的人生？

我的歐洲友人，結婚生子，教育成人後就不太理他們，就像他們的父母在他們成年後不理他們一樣。

社會風氣如此，做兒女的不太依賴父母，養成獨立的個性，自己賺錢養活自己。

這時候，做父母的才過從前的生活，自由自在，不受束縛，也就是所謂的瀟灑了。在一般中國人的眼裡，這是大逆不道，完全沒有家庭觀念。但他們自得其樂，不需要中國人的批評。

誰是誰非，都不要緊，重要的是互相尊重對方的生活方式。他們絕對沒有錯，他們不是不孝，他們也並非自私，他們只知道做人，需要自己的空間和自由。

我們做不到，但是可以參考參考，反省一下。一輩子為子女存錢，是不是自己貪婪的藉口？

度過不平凡的青春，才有資格做普通人

另外一位年輕友人也上路，抵達紐約。

他在唐人街的一家餐廳洗碗碟，做小廝，但是他勤勞，得到了讚賞和生活下去的條件。

在紐約，他吸收了一切在小地方工作想像不到的東西。大都會博物院、自然文物館、摩登美術廳，這三個地方，已經抵得上他欠下的一切。

說走就走，他也不知道是那麼容易。

年輕人沒有做不到的事。埋怨，總不是辦法，一心一意的理想，總是能夠達到。但是，如果步入中年，就再也沒有那麼多的希望和勇氣了。

你說這世界上沒有超人嗎？錯錯。年輕人就是超人，奇怪得很，他們在車禍中骨頭斷了又接回來；他們吃了什麼毒藥第二天照樣清醒；他們有了愛情的挫折，但眼淚一下子就乾了。

你我拚命地儲蓄防老，剩餘的錢在銀行帳簿上只是一個數字。

年輕人也在存錢，可是他們的錢，是他們的回憶，因為，他們根本不知道錢的用處。

別笑他們，當年華消逝，而你只是一個很普通的人，你會恨自己的。

做普通人沒有什麼不好，要遵守的，是已經度過不平凡的青春，才有資格做普通人。

從年輕開始，我一直休而退，退而休

「如果你退休的話，會做些什麼？」年輕朋友好奇地問，「日子難不難過？」

哈哈，要做的事像天上的星星那麼多，只要選一兩樣，已研究不完。

以某某朋友為例，養魚和種花為百態，安靜時閱讀，多麼逍遙！他說：「每天輪流為那十幾缸魚換水，累都累死，哪還有時間說悶？人家配出一尾新種高興得要命，我這裡的新種，至少十條。」

如果我退休，第一件事是開始雕刻佛像，然後練書法和畫畫，夠我忙的了。

一直不敢去碰、怕上癮沒時間研究的是京劇和相聲，可以開始了。音響方面，重溫以前聽過的古典，直落到爵士和怨曲，一面做其他事，一面聽。

把每一天要穿的衣服洗好熨直，一件件掛起來，一日準備兩三套，預防忽冷忽熱。一向少戴的帽子、不肯用的雨傘，也可以一一收藏，越買花樣越多。

底衣內褲買最柔軟舒服的，這是非常重要的，絕對不能忽視，已不必穿名牌跟流行了。

對各種鋼筆和毛筆的收集也有很濃厚的興趣，時間不夠的話，請古鎮煌兄割愛，把他不要的那一批買下來玩玩。

現在用的照完拋棄的相機，越簡便越好，但退休後可玩回從前發燒時節的徠卡、哈蘇等，也許學回自沖自洗自印，自放大。

重新學習下圍棋、西洋棋，希望有朝一日與金庸先生下它一局。

家具更是重要，從明朝案椅到義大利沙發，椅子的研究是至上的，就好像穿梭機上的座椅，按了鈕，可調節任何一個角度，喊了一聲，燈光從不同方向射來。棺材舒不舒服，倒是次要的了。

沒想過退休後做些什麼，從年輕開始，我已經一直休而退，退而休。

看人也是一門學問

自認對相術、風水和占卜等學問沒有才華。生出來，不是那條命。

但是人老了，吃虧多了，對於看人，總有點累積下來的經驗，而一切有關這方面的書，不也是古人的統計嗎？

自己有自己的一套，與各位分享。

通常先分兩大類：長得高和長得矮。

前者比較單純，後者古靈精怪。

造成高人單純的原因，大概是他們的血液迴圈慢了一點，每次血液跑到大腦要走一大圈，就沒那麼多時間去想七想八。

矮人不同，剎那間血液已經走了三四圈，讓腦細胞的組織非常靈活，所以他們的思想很複雜，很多剩餘的空間去製造多一點的幻想，也常無中生有。

另一個原因是矮人從小被周圍的高人恥笑，造成一種自卑，也很快地學會保護自己、比人家聰明，才取得一席的地位。這個分析，大概錯不了。

「你這麼說，是不是暗示我很笨？」身材高䠷的小朋友問。

「比起矮人，高人是笨了一點，但是吃虧是福，也不是矮人能夠了解的。」我這麼一說，高人小朋友聽了比較舒服，反正要說服他們，比說服矮人容易得多。

再仔細一點，眼睛大的人和眼睛小的人，都可以用高矮的同一道理來解析。

眼大的人不一定看東西比眼小的清楚，但眼小也是因為外形不佳而產生了保護色。大眼睛的人往往看不通眼小的人想些什麼。而他們想的，多數是致命的招數。

「動手術整容，不就行嗎？」小朋友問，他自己的眼睛很大。

「沒有一個人，做小孩子的時候就去整容的。」我說。

大眼睛的人同意，是的，他們也比較單純。

活下去，就得活得一天比一天更好

我們這一代，看到第二次世界大戰的終結。

野蠻的日本軍閥投降，殘兵穿著破爛衣裳，到我家門口乞食，家父並不白白施捨，囑彼等把一塊荒蕪的地收拾乾淨，付出了勞力才給錢，他們很高興地上路的背影，印象猶深。

生活開始轉好，家父不知從哪裡弄來一個玩具，是輛草綠的美國大兵吉普車，鐵皮做的，車頭畫著一顆星。車內有兩個腳踏，一前一後地推動，整輛車便能行走。第一次擁有此舶來玩具，神氣得很。

家中擁有第一部電話，是那麼喜悅；收音機巨大得很，麗的呼聲就很小，一個木箱子不停地播出廣告，清晨一早傳來《溜冰者圓舞曲》，令我們一群小孩對古典音樂有了認識。

我們這一代，開始讀《希臘神話》。知道除了孔子的「己所不欲，勿施於人」之外，還有一個更廣闊的思想世界，等著我們去發掘。

從書本中我們認識什麼叫作言論自由，我們認識什麼叫作軍國主義，我們認識什麼叫作獨裁者。

新聞不是從電視機看來的，那是電影院裡，正片尚未上映之時，來一段黑白片，首先出現一隻白色的公雞，拍拍翅膀，長鳴一聲之後，便有伊麗莎白女王結婚、生子。查爾斯皇儲逐漸長大，把兩隻手放在背後，學他父親散步。

我們這一代，看到英國殖民主義的結束，非洲國家獨立之日，當地英國總督臨上船前，和新領袖握握手，說聲「今天是好日」，以為是日常客套話，出口才知道說得對自己國家不利，即刻尷尬地收聲（粵語方言，指閉嘴）。

美國的霸權主義抬頭，在越南的勢力最強，喜歡就支持一個貪汙的總統，不高興就派情報局人員參加暗殺行動。

我們這一代看到了甘迺迪遇刺的新聞，也看見了美國大兵從西貢的大使館樓頂坐直升機逃走。

對蘇聯的認識，是赫魯雪夫在聯合國中脫了皮鞋大拍桌子，對美國人說：「我們將把你們埋葬！」

結果卻聽到赫魯雪夫死去，埋葬的是他自己，大獨裁者也一個接一個地被鏟除。

最激動的，是「四人幫」被捕。記得是陪一個美國製片到澳門看外景，回來時在船上看到的消息，幾乎不能相信自己的眼睛。

再沒有比馬可仕倒台那麼過癮，從他老婆閨房的那四千雙鞋子，看到他億億萬萬的貪汙。新聞片段拍攝了他們夫婦收藏的「名畫」，張張都是低俗得不能再低俗的口味。可惜馬可仕夫人那個死八婆，到現在還在菲律賓唱卡拉OK，可見所謂民主主義的弱點。

我們這一代，也悲哀地看到和我們一起成長的電影明星一個個地消失：詹姆斯・狄恩、瑪麗蓮・夢露、蒙哥馬利・克利夫特、貓王、約翰・藍儂、奧黛麗・赫本、格蕾絲・凱莉，數之不盡。

崇拜的文學家——老舍、豐子愷、周作人等，也都一一謝世。

往好處想的我，只能說除了做歷史見證，我們的生活品質不斷地提高。

從一個發出沙沙聲的七十八轉黑膠唱片中，聽到雷射光碟中最清晰的音樂和歌聲。音響的進步，比視覺快得多。視覺的變化，只由舞台變電影、電影變電視、電視變錄影機，最後還是變回舞台去。

出版的發展，已達到頂點。古代書法家的字帖，我們看的比前人多出多少倍！字還是寫不好，應該打屁股。在各大圖書館中，任何分類的書籍都那麼齊全，世界各國的名著都有翻譯本可以閱讀。報紙雜誌更令我們得到最新的知識。

電子數位的科技，加上無數的人造衛星，這個世界上已經沒有新聞封鎖，領導者如何愚蠢，也不可阻止人民知道別的地方生活品質正在提高。

我們這一代，經過那麼多的知識輸入，還不懂得堅持一點點原則的話，那麼我們是白活了。

活下去，就得活得一天比一天更好。這與貧富無關，是知足，是常樂。

大難臨頭之前，已先佔去做走狗和太監，活著等於沒活。

精神已死，已不是活不活下去的問題了。

讓我們活得一天比一天更好的學校

我整天說應該提高生活素質，活得一天比一天更好。大家即刻反應：「錢呢？」

「並不需要大量的金錢。」我說，「有時反而能賺錢。」

眾人投我不信的目光。

舉一個例子。義兄黃漢民曾經教過音樂，上一次我去新加坡時和我聊起男高音，說目前的那三個，還不如Gigli（貝尼亞米諾．吉利，二十世紀義大利著名男高音歌唱家）和Caruso（卡魯索，二十世紀義大利著名男高音歌唱家）。

我也贊同，小時候受到熏陶，也是那兩位大師的作品，當年收藏的七十八轉黑膠唱片已經不知道哪兒去了，好久沒聽他們的歌，偶爾在收音機中接觸罷了，想買幾張送漢民兄，何處可覓？跑去尖沙咀的HMV找，好傢伙，五層樓都是CD和VCD，男高音層屬於經典樂部分，在頂樓，和爵士在一起。

一口氣跑上去，唱片多得不得了，但客人只有我一個，一位年輕人坐在櫃檯後，自得其樂地聽交響樂。

看了一陣子，找不到我要的那幾張，只好跑去問：「到底 Gigli 和 Caruso 的歌還有沒有人出唱片呢？」

「當然有。」年輕人帶我到一個角落，純熟地找了出來，「這一排都是。」

嘻，可多得不知要選哪幾張，只好先挑些他們的代表作，其他較為冷門的歌劇留到下次慢慢聽吧。

「你從小喜歡古典音樂？」我問。

年輕人笑著搖頭：「起先不懂，做了這份工作慢慢學的。」

「現在呢？」

「少一點錢我也願意做。」他回答。

「最大的願望是什麼？」

他又笑了：「存夠錢，去外國聽演奏會。」

種花、養鳥、書局、樂器店等，都是讓我們活得一天比一天更好的學校。

玩物並不喪志，養志還能賺錢

我在中國大陸和友人談起生活之道，友人經常的反應是：「你有錢，所以有條件培養種種興趣，我們做不到。」

一直強調的是興趣與錢雖然有點關係，但是並非絕對。像種花養魚，可由平凡的品種研究，所費不多。讀書更是最佳興趣，目前的書籍越賣越貴是事實，但絕非付不起的數目。而且，圖書館免費地等你。

重複又重複地說，興趣可以變為財富。一種東西研究到深入，就成專家，專家可以以新品種來換錢，至少也能寫文章賺點稿費。

鑽了進去，以為自己知識很豐富時，哪知道已經有人研究得比自己還深，原來七八百年前寫過論說，便覺自己的無知與渺小，做人也學會了謙虛。

另一方面，身邊朋友少一點也無關重要，我們可以把古人當老師，他們的著作看得多了，又變成他們的朋友。

一大早到花墟的金魚市場觀察魚類，下來到雀鳥街聽哪一隻鳥啼得最好聽，最後逛花街，看什麼花是由什麼國家輸入，都是一個很好的開始。

前幾天的副刊中也教過人種蘭花，只要一百塊港幣就可以買到五盆廉價的蘭花，經半年的精心培植，身價一躍到四百八十塊港幣一盆，足足有二十四倍之多。

故玩物並不喪志，養志還能賺錢，何樂不為？問題在於你肯不肯努力，肯不肯花心思。養志不但賺錢，還可以用來媾女（粵語方言，意為交女朋友）。

近來政府不知為什麼那麼好心，把街上每一棵樹都用小板寫了樹名釘在樹幹上，我認為這是他們做的唯一好事。

獨自散步時把每一棵樹的名字牢牢記下，一分錢也不必花。等到和有品味的女友交往時，把樹名一棵棵叫出，即刻加分。此為媾女絕招，不可不記。

人生最大的投資，莫過於培養本行之外的興趣

小時候讀電影書籍，看到一則著名導演經常來香港的事。

為什麼來香港？拍戲嗎？旅遊嗎？

答案完全不是：他來香港製造玩具。

很多電影人除了電影，一輩子不會做別的，他們以為電影已是一切，做其他事全部是旁門左道。生意更與藝術搭不上關係。

殊不知電影是一種燃燒生命的行業，那麼多人在做，失敗者居多。標青（突出）的，少之又少。一直維持在頂峰是個夢，現實中根本不可能，就算卓別林、史丹利·庫柏力克等聰明絕頂的大師，至晚年，也呈現疲倦。

人生之中，總是有起有落。電影人，大多數以為自己是天才，只有往上爬，一部比一部賣座，沒有倒下來的日子。電影行業那麼吸引人，是有它的道理的。

就算一直倒霉下去，一天忽然拍部莫名其妙的戲，即刻翻身。所以大家都死守下去。

一部電影的賣座，全靠天時地利人和，有時不管拍得怎麼好，撲街（粵語俚語，多用來罵人，也有「糟糕」之意）就是撲街。

電影人不信邪：「我從前也拍過賣座的戲，這一部不行，下一部證明給觀眾看。」從前是用別人的錢拍的，現在為了證實自己的才華，把老本也投資進去。這一拍，又完蛋了，儲蓄完全花光。

美國還有社會福利，香港人只繳十五個巴仙的稅，一切靠自己。到了晚年，潦倒的不少。昔日風光，很難回頭。享受慣了，餘生怎麼過？

所以在有錢的時候應該做點小生意，最好是自己的愛好，像童心未泯的李萊（玩具製造商），有什麼比做玩具更好？只要不燒傷自己的投資，年輕時就得做。

而人生最大的投資，莫過於培養本行之外的興趣，專心研究，成為副業。所謂狡兔三窟，電影人的聰明，何止狡兔？至少也要二窟呀！

時間，對我來講是人生最重要的事

時間，對我來講，是人生最重要的事，也很少有人像我這樣不停地看鐘看錶。

人的一生之中最多只能遲到三次，約了而我沒出現，對方一定很倒霉。準時，是家父教我的美德，遵守至今。

在鐘錶上花的錢無數，這種工具是我最不惜工本的，見到就買。

半夜起身，不知道幾點鐘最煩了，我一直在追求完美的夜光鐘錶。

一切所謂的螢光，除了有輻射之外，都是騙人的，說什麼讓日光一曬就可以亮個數小時，絕對沒有這回事。起身一看還是黑漆漆的，只有開燈。如果開燈，就不算夜光了，等於脫了褲子放屁。

美國Oregon Scientific（歐西亞）出的投射鐘Geo，可以放映在天花板上，算是最接近的一個，但構造單薄，不按又不亮，黑夜中要找這個鐘已經困難，不如開燈算了。

世界名廠的錶，螢光塗得又厚又大。花巨款買了一塊，結果半夜要用手握成一個圈，瞇眼去偷窺才勉強看到時刻，身邊的人見到這種怪動作，以為我是瘋子。

最後，在一家百貨公司看到了一個，是用一個五十瓦的halogen（鹵素）燈膽（粵語方言，指燈泡）照三角反光玻璃射上去的，鐘的形象完善，看得一清二楚，燈一直可以開，壞了換燈泡罷了。

決定買下，問價錢，四千多塊錢。英國製造的一般家庭商品，絕不會定這種價錢，看匣子上有個www.timebeam.com的網址，上網去問，才賣兩千，線上郵購又幫我省了不少錢。

至於錶，買到一塊「波爾」牌的，用的是最近的3H光源技術，透過雷射產生獨特光源，自具能量的微型氣燈無須電池或外部光源亦能自行發光，比傳統的螢光亮一百倍，又說能長達二十五年。對於我，十年也足夠。

夜光鐘錶的追尋，至此達到圓滿的終點。

等確定什麼是「最」好，你已經是「最」老

讀者們最喜歡問我的問題，都和「最」字有關。

什麼是「最」好吃的？什麼是「最」好喝的？哪一家餐廳「最」便宜？你「最」喜歡哪一個作家？為什麼「最」喜歡背這個和尚袋？

這個「最」字「最」難回答，因為我的愛好太多，嘗過的美味也太雜，很不容易一二三地舉出例子，而且對其他的「最」也很不公平。

什麼是「最」呢？從比較開始。沒有「最」便宜的，就沒有「最」貴的了。

通常以價錢來衡量，是「最」俗氣的辦法，是暴發戶的標準罷了。

一根辣椒不會貴到哪裡去。但什麼是「最」辣的辣椒呢？也沒有標準，辣味不能用斤來衡量。「最」後，還是用比較了。

把普通的辣，像釀鯪魚的辣椒定為零級，一直加重，泰國朝天椒不過是排行第六，「最」後的哈瓦那燈籠椒，才是十。

味道如何？女記者問我。

不試過怎麼知道？那種辣法根本不能用文字來形容。

我常回答她：「像鬚後水。」

「鬚後水？」她大叫，「鬚後水和辣椒扯得上什麼關係？」

「不是鬚後水和辣椒有什麼關係，是和你有沒有試過有關係。你們根本沒機會剃鬍子，怎麼知道哪一種鬚後水最好？」

從一個「最」字，也能看出對方的水準。像我「最」愛看《老夫子》，和我「最」愛看《紅樓夢》，就有「最」大的差別。

「最」字和「漸」字一樣，是漸進式的，漸漸地，你就知道什麼是最好的。這是在不知不覺中得到的成果。

等到你能確定什麼是「最」好，你已經是「最」老。

老，也要老得莊嚴、乾淨、清香

新居的樓下，長了幾株白蘭，足有四層樓高，比我在天台種的那三株，大百倍。

經過時不仔細看，不知道是白蘭，因為它只剩餘葉子，看不到花，但有一股幽香，從何處來？

大概是長成的過程中起的變化，低處生花，頑童一定來干擾；全樹開遍，則會引小販前來採折。

白蘭樹的花，只讓站在高處的人看見。

花開在樹頂上，像長者的白髮。

樹幹之大，根部之強，占路邊一席之地。

這棵白蘭已不能連根拔起，移植他鄉。

時代在進步，道路擴寬的話，只能將它砍伐。

不然，老蘭站在一旁，靜觀一切的變化。但願人老了，像這一株白蘭。

老，必須老得莊嚴。

老，一定要老得乾淨。

老，要老得清香。

是否名牌已不重要，但要天天洗濯熨直。衣著是對別人的一種尊敬，也是對自己的尊敬。

皺紋是自傲，但鬚根應該刮淨，做一個美髯公亦可，每天的整理，更花費工夫。

修指甲，剪鼻毛，頭皮屑是大忌。

最主要的，還是要像白蘭那麼香。

香不只是一種嗅覺，香代表不俗氣。

切莫笑人老，自有報應。

人生必經之路，遲早到來。等它來臨時，不如做好準備，享受它的寧靜。

他人言論，已漸覺淺薄無聊，自己更不能老提當年勇，老故事亦不可重複。

最好是默默然地把趣事記下，琴棋書畫任選一種當嗜好，積極鑽研，成為專家。不然養魚種木，不管它們的出處，亦是樂事。

人總得向自然學習，最好臨終之前，發出花香。

老要老得有尊嚴，老要老得乾乾淨淨

生老病死這個人生必然的過程，「病」是最多人討論的；「生」理所當然，沒什麼好談的；「死」中國人最忌諱，從前不敢去提到它；今天要聊的是「老」。

得從時間角度去看，我們十幾歲時，覺得三十歲的人已經很老。到自己是三十歲的階段，就說六十歲方老。古來稀了，還自圓其說：「人老心不老。」

我們對漸進式的改變從來沒有感覺，一下子從兒童到中年到晚年。譏笑別人老的，自己也一定有報應。豐子愷先生在三十多歲時已寫了一篇叫《漸》的文章，解析這種緩慢的變化過程，可讀性極強。

為什麼我們對「老」有那麼大的恐懼呢？皆因那些孤苦伶仃、行動不便的人給了我們不好的印象，讓我們以為大家老了就會變成那個樣子。

你不想老嗎？商人即刻有生意可做，什麼防皺膏、抗老藥，在市面上一大堆，還有我們的整容醫生呢。但是，一切枉然，老還是要老。

應該怎麼老呢？我覺得老要老得有尊嚴，老要老得乾乾淨淨。

不管你有錢沒錢，一件襯衫總得洗淨熨直。做得到的話，怎麼老都可以接受的，不一定要穿什麼名牌。

中國人不會，旅行時就要向外國人學習了。他們當然也有衣衫襤褸的例子，但是一般注重外表，像在巴黎香榭麗舍，到了秋天，路上兩排巨木的葉子變黃，一輛小雪鐵龍汽車停下，是深綠色。走下一對穿咖啡毛衣的老夫婦，在街上散步。一切金黃，和落日統一起來，是多麼美妙！

香港人有必要學老，因為他們是全世界最長壽的人，男人平均年齡八十歲，女人八十六七歲，俱列世界第一位。

如何學老呢？從年輕開始，就要不斷學習，別無他途。學識豐富了，任何一種專長都可以用來作為生財工具，我們就可以不怕窮、不怕老了。

年輕人，別再打電子遊戲和聽無聊的流行音樂了。不然，你就會變成你想像中的老。

我已經把死亡也超越了

早年前的《國際先驅報》報導了一則新聞：在法國尼斯，有一個叫狄米雪的女人，嫁了一個已經死去的男人。

有這麼一條法律嗎？一九五九年，南部的水壩爆裂，洪水淹沒了整座城市，數百人死去。當年的總統戴高樂去現場巡視時，有個女的向他哀求，要嫁給已經安排好婚禮的死者。

「我答應你，小姐，我會記得你的。」戴高樂說。

很快，國會立出一條新法，承認那位小姐的婚禮。之後，有很多失去男女朋友的人都向政府申請結婚。

但是法律是有限制的：第一，和死人舉行婚禮者，必得將要求寄給法國總統；第二，要是總統考慮，就會將要求交到律政司處理；第三，由律政司又交到管轄申請者的地方官；第四，地方官會約見死者的親屬，要是不反對的話，案件才算受理。地方官審核之後再把案件一關過一關；最後交到總統手上，一切沒問題，總統才會正式簽字批准。

尼斯的狄米雪經過正式申請，終於在二〇〇三年得到准證。她等到二〇〇四年二月十日才和死去的情人結婚，因為這天是丈夫的三十歲生日。

婚禮上，狄米雪沒有穿白色婚紗，一整套的黑西裝，像楚浮電影《黑衣新娘》，坐在鑲金箔框的椅子上。旁邊，是一只空凳。丈母娘在後面觀禮。地點在地方官署，教堂還是不能接受的。

禮畢後，新娘就冠上丈夫的姓氏，但財產是不能分的。為了防止有人投機，法律把這個漏洞也堵住了。

當然，如果未完成婚禮之時男的去世，但女的已懷了孕，又另當別論，不過也要經過遺傳基因的解析吧？

這則新聞很感人，特此記載。最後狄米雪快樂地把丈夫的骨灰放在床邊，她說：「我已經把死亡也超越了。」

對一切身外之物，都要想得開

有些人，對錢，想不開就是想不開。

七老八十了，有一大堆的儲蓄，說什麼也不肯動用，每天過著對不起自己的生活。錢是人家的，管他那麼多幹什麼？朋友一直那麼罵我。說得也是，一種米養百種人，大家的想法不同，才有趣。但見彼等斤斤計較，為一點小費而爭吵，佛都有氣。

一位移民到美國的友人，數十年前抵港，赤手空拳闖天下，有所成。至今老矣，家產逾億，亦不懂得享受。好在到了中年，培養了愛好藝術的興趣，又遇到當時大陸名家字畫不值錢，大量收購，藏的都是精品。

「參加旅行團，遊世界呀！」我說，「趁現在走得動。」

他橫眼看我，像見到一個引誘他墮入深淵的魔鬼：「哪兒來那麼多錢？」

「把你收藏的任何一幅畫賣掉，整個地球讓你跑幾圈也用不完。」我說。

「萬萬不可。」他有如古人般拒絕了。

他有子女，家產也許要為他們留下，無話可說。但是又有一位剛剛喪妻的朋友，也收藏了很多字畫，我勸他賣掉養個小的，他同樣說萬萬不可，不過他膝下猶虛，無任何節省的理由。

「帶進棺材咩（粵語方言，表示疑問，相當於嗎）？」沒教養的人可能那麼當面批評，但這句不吉利的話我說不出來。

其實，當成自己活到一百歲，把剩餘的錢逐年計算用完，不行嗎？字畫，身外物也。而且那麼多，少一兩張根本無傷大雅，獎勵自己一生辛辛苦苦，也是應該。

忽然，我伸手在他的禿頭上打了一下。

「你打我幹什麼？」他大怒。

我連聲道歉，說自己瘋了。

一切看開、放下，人生便豁達開朗

年輕的時候，得不到愛，便是恨，黑白分明。

你不跟我睡覺嗎？那你是愛我不夠深。好，永遠不見你。男的說。

你連愛我都不會說一聲，你追求的只是我的身體。好，我絕不給你。女的說。

為什麼不能等呢？再多等一陣子，人就是你的，但大家都心急，其實不是心急，是不懂得珍惜感情。

這是教不會的，無經驗的洗禮，怎麼聰明的人，都不懂得愛，只會破壞。

到了了解什麼是愛的時候，我們對人生開始起了懷疑，而且逐漸不滿。一不小心，便學會諷刺它，沉迷在絕望中，放棄宗教和哲學的教導，變為尖酸刻薄，即使愛再到面前，也會讓愛溜走。

令我們開心的事越來越少，讓我們垂涎的食物已是稀奇。

不過，我們也沒那麼懂怒了。

已知道罵人結果自己辛苦，動氣傷神傷身。看不順眼的，還是不發表意見，反正不是一個人的能力可以扭轉乾坤，想一笑置之，但又恨不消，嘮叨又嘮叨，在年輕人的眼中，我們是長氣

（粵語方言，指嘮叨）的。

但願自己能像紅酒，越老越純。一股濃香，誘得年輕人團團轉。一切看開、放下，人生豁達開朗，那有多好！

想歸想，到頭來還是做不到，只能羨慕，只能羨慕。

在這個階段，家人、朋友開始一個個逝去，我們一次又一次地哭啼。

淚乾了，所以我們不哭。

年輕時，歡笑止於歡笑，對笑的認識太淺。到現在才知道真正悲哀時，眼淚是流不出來的。眼淚，只有在笑的時候，才淌下。

想開了，就能做到視死如歸

每寫完一篇文章，雜誌社排好字，就傳輸給蘇美璐作插圖，今天收到她的電子郵件。

讀過你寫的關於死亡，真有趣，最近我常做白日夢（有點像你在做開妓院的白日夢），想經營一個場所，讓大家可以好好死去，和平死去，平平靜靜地死去。

我一直希望可以幫助別人，讓他們選擇自己的死法。

至於我自己，最好是在早上，吃完了我喜歡的煎蛋和烤麵包，到外面散散步，回家用鋼琴彈幾首巴哈音樂，坐在安樂椅上，喝杯茶，吃幾塊餅乾，見些親愛的朋友，用漂亮的安靜的語氣聊聊天，最後讓我睡覺。

我想他們會把我帶到天堂，其他的，我才不管那麼多。我就是想開那麼一個讓人安息的地方，我相信這種服務應該存在的。

朗——我的先生說，他最好在他釣鱒魚的湖畔死去。我認為死亡是一種你能盼望的目的，如果你有選擇的話。

是的，為什麼要怕死呢？返家，是我們大家都期待的事。

今天，我已七十多歲了。談死亡，是恰當的時候。一九七〇年代，看《2001：太空漫遊》，一再問自己，到底有沒有機會搭乘火箭到另一星球？或者到了那個時候，我還活不活在世上？我將會變成一個什麼樣子？

當今（指二〇一一年，本文寫於二〇一一年）超過二〇〇一年也有十年。太空旅行是沒法實現的了；人，倒是活了下來。

樣子嘛，照照鏡子，還見得人，至少上電視做節目，也沒人抱怨。留了鬍子，是因為母親逝世，二〇一一年的二月二十八日三週年忌日，就可剃掉，到時看來是否會更老，不知道。

目前生活並不算健康，還是那麼大魚大肉。酒倒是喝少了，遇到好的，還是照飲不誤。

還是那麼忙碌，飛來飛去，但不覺辛苦。稿件已減少許多，每星期在日報上只寫四篇，週刊寫的這篇一樂也，另有一篇每星期一次的食評和一篇寫世界上好飯店的，已占了不少空暇。也許接下來只能再減一點，等到能夠把名酒店都匯集成書後，就停寫。

每天睡眠有六個小時已足夠，如果能休息上七個鐘，那算飽滿。迎接死亡時期來到，我要逐漸少睡，由六，減到五、四、三。

像弘一法師一樣到寺廟圓寂，是做不到了。第一，我怕蚊子。第二，沒有空調是受不了的。還是留在家裡吧，或者到一個美景勝地，召集好友，像電影《老爸的單程車票》中的主角，與親友們一個個擁抱。

上天堂或下地獄，我不相信有這回事，還是沒有蘇美璐那麼幸福，不過和她一樣，之後管他那麼多幹什麼！

地點最好是在香港，如果有困難，還是去荷蘭吧。那裡思想開通，又有一位我深交的醫生朋友，他每次來港，我都大請宴客，荷蘭人一向節儉，對東方人的招待大感恩惠，一直問有什麼可以為我做的。

嗎啡對他來講是易事，醫院裡一大堆，拿幾管送我一點困難也沒有。雖然安樂死在荷蘭大行其道，但是這位醫生受過一點挫折，那是當丁雄泉先生不省人事後，子女把事情歸咎在他身上，鬧到差點上法庭。問題是他肯不肯再牽涉到我的事情上去。

這也好辦，事先由律師在場，先簽一張一切與他無關的證明，他就能安心替我做這件事了。遺囑早就擬妥，應做的事都安排好，簡單得很。

我這輩子沒有子女，在這個階段，我也沒有後悔過。小時候聽中國人的所謂「不孝有三，無後為大」的笑話，在我父母生前已解決了。

當年我對老人家說，姐姐兩個兒子，哥哥一子一女，弟弟也是，有六個後人，不必再讓我操勞吧？他們聽了也點頭默許。

人活在世上，親情最難交代，一有了顧慮就沒完沒了的，我能僥倖避過這關，應感謝上蒼。人各有志，喜歡養兒弄孫的，我沒異議，只要不發生在我身上就行。

沒有遺憾嗎？太多了，不可一一枚舉，但想這些幹什麼？我一直主張人活得越簡單越好，情感的處理也縮短到電腦原理的正和負運算最妙。不只是身外物，身外感情是個高境界，我是能夠享受到的。

很高興在世上得到諸多的好友和老師，今人古人，都是教導我怎麼走這段路的恩人。

最要感謝的是某某朋友，我向他學習了什麼叫看開，他是一位最反對世俗的高人，斬斷不必要的情感，盡量做些自己最想做的事，都要歸功於他。

但我畢竟是一個凡人，所以頭髮越來越白，反觀某某仁兄，滿頭烏絲，雖然他自嘲不用腦了，所以沒有白髮，但我知道，他是想開了，所以沒有白髮，能夠做到視死如歸。

自己能做的事，還是不求人好

每年入秋，皮膚乾燥，背上有點痲癢。

找家裡的「不求人」，有數把，但皆不理想，只是因為外形美觀而買的。其中之一在雲南麗江購入，二尺半長，竹製，一頭是爪子，中間雕出一個迷你算盤，柄部有個暗格，打開之後還有支挖耳朵的器具。但爪部很鈍，真是名副其實的搔不到癢處。

另外兩把在古董店買的，酸枝木製造，來配合我的家具，它的雕工精美，五根肥大的手指，刻著指紋和指甲，有如小孩子的手那般可愛，但是毛病同樣出在不利。

遲鈍的工具只會越搔越癢，我決定去買一把實用的。稀奇古怪的東西，都可在九龍城侯王道上的一家小雜貨舖買到，大型舖子叫百貨公司，這家小小的店，貨物何止上百，一兩千種輕易地搬出來，但雜亂無比，只有老闆知道放在什麼地方。

「有沒有『不求人』賣？」我問。

「蔡先生您也要用了？」老闆笑著，意思是你也老了。接著拿出數款給我選擇，都不尖。既來之，買了一把小的。

這柄東西只有一尺半長，但還有機關，原來有伸縮性，一拉開長了一倍。柄上刻著竹節，爪背上有火漆印，寫著「孝道」二字，手掌部分還用英文印了Made in China（中國製造）。市價港幣五元，在中國大陸的街邊最多賣五毛，老闆以港幣三塊錢轉讓，已覺非常便宜。

買回來後，用法國小刀把爪子部分削尖，試用了一下，非常舒服。興起，將那兩柄酸枝也拿來削。木硬，弄個半天，後來乾脆用磨指甲的東西慢慢刨尖。大功告成，看了很滿意。

「不求人」這種東西日本人稱為「孫子的手」。叫個孩子來替你撓癢，那是古時候的事，當今你請猴孫代勞，媳婦們罵你猥瑣，還是不求人好。

共同學習，便是同學

旅行時，把記憶留下，有些人用相機，我則用文字。但這兩種方式都不能與當地人發生接觸，對一個地方的觀察不夠深入。就算你夠膽（粵語方言，指有膽量）採取主動，語言也是一個很大的障礙。

最好的辦法莫過於畫畫，拿一副紙頭和筆墨，見到有趣的人物畫張漫畫，對方一看，笑了出來，朋友就好交了。

畫得像是不容易的，所以要找好老師，有什麼人好過尊子呢？有天晚上一起吃飯，我向他強求：「請你做我的師父吧！」

尊子笑了：「畫畫不難，一定要找到一個符號。大家對這個人的印象是什麼？你把他們心中想到的畫出來，就像了。」

說得太玄，太抽象了，不懂。

「還是到你家去，當面再過幾招給我行不行？」我貪心得很。

「先過我這一關。」尊子太太陳也說。

「什麼？」我望著她。

「先帶幾個俊男給我看看，我喜歡的話就叫尊子收你為徒。」陳也古靈精怪地說。

「要帶也帶美女去引誘尊子，帶俊男給你幹什麼？」我問。

陳也笑得可愛：「美女我也喜歡，照殺不誤。」

一時哪裡去找那麼多俊男美女？不讓我登門造訪，只有等下次聚餐帶了紙筆，在食肆中要尊子示範給我看看。

大家見面，尊子帶了一本美國著名漫畫家 Hirschfeld（艾爾．赫什菲爾德）的作品集給我。

「看了這本書，自然學會。」他說。

記得第一次拜馮康侯先生學書法時，他拿出一本王羲之的《聖教序》碑帖，對我說：「我也是向他學的，你也向他學。我不是你老師，你也不是我學生，我們是同學。」

當人生進入另一個階段，溫和是一個很好的選擇

當人生進入另一個階段，已不能像年輕時喝得那麼凶，氣泡酒，似乎是一個很好的選擇。香

檳固佳，但就算最好的Krug（庫克牌香檳）或Dom Perignon（唐・培里儂香檳王），那種酸性也不是人人接受得了。

當今我吃西餐時，愛喝一種專家認為不入流的氣泡酒，那就是義大利阿斯提（Asti）地區的瑪絲嘉桃了。

Moscato又叫Muscat、Muscadei和Moscatel，是一種極甜的白葡萄，釀出來的酒精成分雖不高，通常在五六度左右，但是充滿花香，帶著微甜，百喝不厭。

年份佳的香檳越藏越有價值，但瑪絲嘉桃要喝新鮮的，若不在停止發酵時加酒精，最多也只能保存五年，所以專家們歧視，價錢也賣不高。

通常當成飯後酒喝，我卻是一頓西餐從頭喝到尾。我不欣賞紅白餐酒的酸性，除非陳年佳釀，不然喝不下去，一見什麼加州餐酒，即逃之夭夭。

啤酒喝了頻上洗手間，烈酒則只能淺嘗，瑪絲嘉桃可以一直陪著我，喝上一瓶也只是微醺，是個良伴。

女士們一喝就會上癮，但也不可輕視，還是會醉人，我通常會事先警告她們。

近來和查先生吃飯，老人家也愛上了這種酒，雖有氣，但不會像香檳那麼多，喝了也不會打嗝。

已經有不少人開始欣賞，在大眾化的酒莊也能找到。牌子很雜，可以一一比較後選你中意的。為了這種伴侶，我專程到皮埃蒙特產區（Piedmont）的阿斯提區去尋找，叫Vigneto Gallina

的最好，商標上畫著一隻犀牛。

各位有興趣，不妨一試。

手寫情書是一種雅趣

早就說過，有一天，電子書會取代傳統的紙版書，亞洲出版商還見不到這種跡象，以為沒事，但美國的大書店已一家家倒閉，情形不樂觀。

學校的作業，也一定會由電腦代替，新一代的孩子，已越來越少拿筆書寫。他們從幼兒園開始便學習各種輸入法：倉頡、九方、速成等，大家都只記得每個字的代號，忘記了字的筆畫順序。

方便可真是方便，在電腦鍵上敲敲，一個字還未輸入完，整句話已經跳出來，電腦越出越聰明，會記住你常用的句子。

漸漸地，大家都不再用筆了。日本青年當今只會在手機上按鍵，鉛筆原子筆碰都不碰一下，更別說買了。文具店裡的顧客多是老頑固。

從前，消耗最多紙張的是大公司，文件都手寫，然後用複寫紙印出，一張張派發到各部門，祕書為老闆寫的備忘錄、會計員的帳簿、發出的通告，一切都用紙張。當今的影印機雖然還是用紙，但檔案多存在電腦中了，紙的用量減少，筆更滯銷。

電腦和筆記型電腦發明之前，大家都習慣用字和筆記事：好友的通訊簿、自己的約會表、書中之佳句、有用資料，皆細心抄錄在小本上，每用完一本，珍而重之收藏，日後翻閱，更是無比的樂趣。

但是時代的進步是阻擋不了的，墨水筆的出現打倒了毛筆，墨水筆又被鉛筆原子筆代替。不過宣紙和毛筆的魅力還是驚人，寫字這種雅趣，似乎高人一等，不相信嗎？試試看用毛筆寫一封情書給你的女朋友吧，絕對比你在手機上發幾萬則簡訊有用，即使被她公開出來，不會變為醜聞，只會得到羨慕的目光。

走過許多地方，還是香港好

回到香港，由家中俯望，見石栗花開，一頭黃花，美得要命。

還是香港好，相信我，走了那麼多地方，沒一個比得上。

別的不說，單講美食吧！東西方最會吃的是中國人和法國人，這是公認的事實。巴黎的西餐也許勝過香港的，但是他們有上乘的粵菜嗎？充其量也不過是幾家還吃得過去的越南菜館，甭想喝陸羽的早茶。

義大利菜固佳，衰的是他們憎恨法國人，故無好的法國餐廳，東方的連越南菜也沒有，剩餘溫州人開的中菜館，廚子自己沒吃過好東西，怎燒得出什麼佳餚？

大家喜歡吃日本料理，的確不錯，又衛生又美味，但是如果你在日本住下，就發現吃來吃去不過是刺身、壽司、天婦羅、炸豬排、烤神戶肉、蕎麥麵等，單調得很。找遍橫濱唐人街，要吃一頓真正的潮州飯菜，難如登天。

韓風熱潮，只限於音樂和電視電影，他們的女人和電器皆佳，但對於吃，起步還是沒有日本那麼早。山東人做的中餐，大菜失傳，只剩小食的炸醬麵不錯。

泰國菜花樣多，潮州廚藝也還保留著，但泰國的粵菜就少得可憐了。

越南嘛，還沒有正式改革開放的統治下，在外國的越南菜比本土更佳。

美國除了漢堡之外，還有什麼？相鄰的加拿大，雖說有眾多移民，但他們想念的還不是中國香港的東西？

剩餘的是中國本土了。經濟起飛，大型餐廳不斷出現，一下子能湧出那麼多高手來燒嗎？西餐或東南亞菜，哪能和香港的媲美？

美食必有美酒，早前法國之旅喝了不少佳釀，但在香港有錢就買得到，並不稀奇。法國人，去哪裡享受天香樓的花雕呢？

「但是別的地方會追上的呀！」你說。是的，他們的進步是一定的，但是香港坐在那裡等著嗎？

什麼都不喜歡，做任何事都會心煩

有一次到洛杉磯，打了一個電話給從前東京辦公室的祕書林曉青，她嫁給了日本丈夫，兩人定居加州。

「我開車過來接你。」她說。

我問：「你住得多遠？」

「很近，一下子就到。」

她掛完電話，我等了三個鐘，她才出現。這件事證明遠近只是一個觀念。住加州的人，車程一兩個小時是等閒事，但是如果你住在香港，聽到人家住落馬洲，四十分鐘左右可達市中心，已經大叫：「你怎麼住得那麼遠？」

我們去旅行，一聽到是去歐洲，大家頭腦中即刻浮現出「長途跋涉」這四個字。對出門多的人來說：「十二個鐘嘛，半夜出發，睡他一覺，第二天一早抵達，不辛苦。」

這次我來歐洲就是那樣的，前一晚趕了通宵稿，已疲倦不堪。上飛機前吃得飽飽的，又連灌老酒三杯，一上飛機睡得像死豬，連喜歡的電影也不看了。

睡不著的人也許是難熬的，這段旅程。不過，當今的安眠藥不是那麼可怕，吃了也不會上癮。種類很多，有的吃了還有點飄飄然的感覺，很舒服的。臨行之前向你習慣看的醫生要幾粒好了，他總不會害你。

把那十二小時分開來消磨也是好辦法。

吃兩餐，至少兩個小時。看兩部電影，四小時，你已經去掉一半時間。

其餘的那六個小時怎麼打發？重看金庸小說最快。看書會頭暈的話打遊戲好了，蘿拉的胸部一下子大一下子小，很有趣，比拍電影的安潔莉娜·裘莉還要可愛。

什麼都不喜歡，做任何事都心煩，覺也睡不著的人，可以念心經、記心經、背心經，佛祖一定保佑你。這個彼岸，較易抵達。

向苦悶報復，是人生一大樂事

在一些苦悶的日子，最好做些花功夫的事，到菜市場去買幾個青檸檬，把底部削去一截，讓它可以站穩，再切頭，用銀茶匙挖空，肉棄之。

然後在廚房找一個不再用的小鍋，把白色的大蠟燭切半，取出芯來，蠟燭扔進鍋中加火熔化，一手拉住芯放在青檸檬裡，一手抓住鍋柄把蠟倒進去。

冷卻，大功告成。點起來發出一陣陣的天然檸檬味，絕對不是油薰香精可比。

同樣道理，買了幾個紅色的小南瓜，口切得大一點，去掉四分之一左右，瓜子挖出，瓜肉拿去和小排骨一起熬湯，熬個把小時，南瓜完全溶掉，本身很甜，加點鹽即可，味精無用，裝進南瓜殼中上桌，又漂亮又好喝。

橙凍也好玩。美國橙大多數很酸，買柳丁或泰國綠橙好了，它們最甜。切頭，挖肉備用，另外幾個擠汁，加熱後放魚膠粉，現買的 Jelly（果凍）粉難以控制，其中香料和糖精味道也不自然，還是避之為妙。魚膠粉不影響橙味，倒入橙殼，再把橙肉切丁加進去，增加咬嚼的口感，凍個半小時即成。

天氣熱，胃口不好，還是吃點辣的東西，把剩餘的魚膠粉溶解備用。那邊廂，將泰國小朝天辣舂碎擠汁，加醬油或魚露，混入魚膠粉中，冷卻後再切成很小很小的方塊，鋪在排骨或其他食物上，又是一道惹味的菜。

燉蛋最過癮了，利用日本人的茶碗蒸方法製作，材料盡量找些小的，浸過的小蝦米、小魚，半曬乾的那種，金華火腿選當魚翅配料的部分，切成小丁丁。雞蛋仔細地用茶匙敲碎頂部，留蛋殼當容器，打蛋後和其他材料混合，再倒回蛋殼中，最後把吃西瓜盅用的夜香花鋪在上面，隔水燉個五分鐘即成。

向苦悶報復，一樂也。

餘生已晚，你們努力吧

在中國大陸的時候，一位年輕朋友問我：「我想做一件既有意義又能賺錢的事。你們香港人腦筋轉得快，有什麼建議？」

我斬釘截鐵地回答：「可以做環境保護的生意！」

「環境保護也能賺錢嗎？」他詫異道。

「你看國家領導人到外國，不也是要求他們將環境保護的技術賣給中國嗎？那是大生意，只有國家與國家之間才能做，你可以做小的，有大把機會。」我說。

「什麼是小環保生意？」

「比方說推銷空氣清淨機，賣礦泉水、離子分化水、蒸餾水等，也可以賣能分解的包裝袋和飯盒。總之回歸自然，是一條大道。」

「我對這些完全陌生，怎麼做？」他問。

「從現在做起，經過十年、二十年，你已經是專家。加入別人的公司，熟識客人之後便自立門戶，所有生意都是這樣做起來的。」

「我們的人，沒有環保意識，再生紙又太貴，這一行不容易做。」

「有哪一行是容易的？」我反問。

年輕人沉靜了一會兒。

「你住的都市，能經常看到太陽嗎？能經常看到星星嗎？能經常看到晚上漆黑的天空、白天藍色的天空嗎？」

他搖頭。

「滿天星斗的夜晚，有時出現一條銀河，美麗、燦爛，畢生難忘。」我說。

是的，他想起小時候在晚上抬頭的情景。

「但是你的兒子看過嗎？」我問。

他又搖頭。

「這是不是一份值得去做的工作？」我又問，「讓你兒子看得到！」

「是，是。」他肯定。

回到香港，我舉頭，也已看不到星星了。我們香港人，是不是也可以走這條路呢？

餘生已晚，你們努力吧。

交友之道，在於互相原諒對方

我們年輕的時候，疾惡如仇。

這當然是青年人最大的好處，他們天真，不受世俗汙染，喜歡就喜歡，討厭就討厭，沒有中間路線。年紀漸大，好與壞模糊了許多，這也不是短處，只是人生另一個階段。

步入社會，同事間有一些看不順眼的，即刻非置對方於死地不可。有的講你幾句，馬上想誅他家九族，年輕人有的是花不盡的愛與恨，很可惜的是恨比愛多。

年紀大的人，一切已經經歷過，抓住了年輕人的弱點，加以利用，先甜言蜜語把他們騙個高高興興，再加幾句讚美使他們飄飄然，把他們肚中的東西完全挖出來，把它們當成利刃，一刀刀從背後插進去，年輕人毫無招架的餘地，死了還不知是誰害的。

別罵人老奸巨猾，因為你也有老的一天。奸與不奸，那是角度的問題。自己老了，就認為自己不奸了。就算不奸，在年輕人眼中，你還是奸的。

外國人常說做人要像紅酒，越老越醇，道理簡單，做起來不易。

年輕人逐漸變成中年人，又踏入老年，疾惡如仇的特徵慢慢沖淡，但也變不成好酒，有些人總是以為世上的人都欠他們的，所以變成了醋。

老的好處是能學習到什麼叫寬容，自己犯過錯，就能原諒別人，但有些人偏偏認為自己永遠是對的，不斷地對別人加以評判，要對方永不超生。他們不知道恨別人也是痛苦事。

交友之道，在於原諒對方。記那麼多仇幹什麼？想到他們的好處，好過記他們的缺點，這是「阿媽是女人」的道理，大家都知道，就是做不出。能原諒人，是天生的，由遺傳基因決定，無法改變。我能原諒人，是父母賜給我的福分，很感謝他們。

我年輕，你老

亦舒從未脫稿，一交數十篇，當然不會開天窗。

「她是專業作家。」年輕人說，「我們是兼職的，迫不得已才脫稿呀！」

哇，好厲害，好像「迫不得已」是一個天大的理由。

年輕人怎麼沒有年輕情懷呢？年輕人好勝，你是專業的又如何？我要寫得比你好！你交稿交得準時？我比你更準時，這才對呀！

我們寫稿，一分一秒都抱著戰戰兢兢的心態，務必做到最好為止，不然就只有放棄。脫稿不但是這一行最大的罪行，而且是原則問題：答應人家的事一定要做到。答應替報紙寫稿，豈能因「作者出外旅遊，暫停一天」？

出外旅遊？哈哈哈哈，這年代誰不出外旅遊呢？事前不存稿，臨時寫也有一樣東西叫fax（傳真）機呀！也許是稿費低微，在飯店傳真費太貴的原因吧？但年輕時總得從頭做起，酬勞也由最基本的開始獲得，希望一年年升高，怎能看輕自己？

我們誰都有過開始的時候，當年一想到交不出稿，對死線（deadline的直譯，指截稿時間）的惡夢是牙齒一顆顆脫落那麼恐怖，豈敢為之？那時候的編輯也是惡爺一名，當然不會用一個空白的專欄來做懲罰，但更厲害的是叫一個阿貓阿狗來代寫，用原來作者的名字刊登，你脫稿？我就讓讀者來盯死你！

「其他人都至少有個星期天休息，專欄作者每週停一天可不可以？」我們集體要求。

編輯老爺一聽：「放你們一天假，你們這班馬騮（粵語方言，指猴子，形容人機靈）又乘機寫別的稿，不行不行！」各人有各人的做法，你準時交稿，我因事暫停，不用你管，你們的固執和堅持，已過時。

「我們有代溝。」和年輕人交談時感嘆。

「當然囉。」他們說，「怎會沒代溝？」

我懶洋洋道：「我年輕，你老。」

附錄

蔡瀾眼中的名人與朋友

Live a cheerful life

查先生的記憶力是驚人的。
記得那麼多讀過的書和歷史細節，
在小說中描述許多地方時，
讀者以為都是親身經歷，
其實他寫時沒有去過。

金庸的記憶力

查先生（金庸本名為查良鏞）的記憶力是驚人的。

記得那麼多讀過的書和歷史細節，在小說中描述許多地方時，讀者以為都是親身經歷，其實他寫時沒有去過。

有一位作者多事，把金庸小說中的二十道項目一一解析，其有史、地、易、儒、佛、道、兵、典、政、武、醫、詩、琴、棋、書、畫、花、酒、食、俗。發覺查先生寫得樣樣精通，堪稱中國傳統文化的百科全書。

除了正經資料搜尋之外，查先生連電視上名不見經傳的女配角名字叫什麼，也能一一道來。

查太太為了查先生的健康，替他買了一台跑步機，很高級的那種，手架上還有一台迷你電視，可以一面看一面做運動才不會悶。

查先生每天看了幾分鐘電視連續劇，全部記得。當我們拍著頭想不出那個女的叫什麼時，就去問他，查先生回答得十分準確。

查太太一個弟弟叫阿 Dan，兩人從小相依為命，感情十分深厚，阿 Dan 當今移民到墨爾本，有一位好太太，兩個女兒已亭亭玉立。

查先生在墨爾本有一座大屋，每年去小住一兩個月，在家裡做做學問、修改舊作之餘，常和阿 Dan 一家到外面吃吃飯、看看電影、逛逛書店。

有一年查先生說要去看歌劇，阿 Dan 查完電話號碼後去訂位，查先生聽在耳裡。到了第二年，又要去看別的，阿 Dan 不問電話公司，反問查先生歌劇院的電話號碼，他即能說出。

從此，這類事情就變成他們之間的遊戲，所有關於數字的，都成為測驗，問查先生記不記得。

有一天，查先生忽然宣布：「我再也不回答你的問題。」

「為什麼？」阿 Dan 問。

查先生說：「昨晚我做了一個夢，夢見我又回到學校考試，一點都不好玩！」

古龍和吃

古龍在他的散文集中談吃，從牛肉麵講起，他最愛「唐矮子」的牛肉麵。

唐矮子有個伙計叫王毅軍，長得人高馬大，腰粗十圍，和唐矮子大異其趣，人家就叫他「王胖子」。

「王胖子」出來開店，在新生南路和信義路十字路口橋頭，很受歡迎，後來去了美國。現在還開著的牛肉麵舖，只剩餘桃源街的老王記了，你到桃源街也看不見老王記的招牌，問計程車司機，他們會幫你找到。在店中吃牛肉麵，想起古龍不知在哪個座位坐過。

至於古龍說的昆明街那一家店，我去找過，沒發現。古龍形容這家店的老闆娘用竹筷子夾牛肉到碗裡去的神態，戴著老花眼鏡，專注又慎重，簡直像選鑽石一樣。

排骨麵方面，古龍愛吃「金圍」和「淞園」這兩家，不知現在還在不在。不過他說當年吃的，也大多數是「一口咬下去，就好像咬到一塊外面裹著麵粉的油炸甘蔗板，慘絕人寰」。「慘絕人寰」這四個字某某朋友也愛用。

武昌街和中華路的轉角處，有家店叫「鴨肉扁」的，古龍說這家人的生意「好得造白」（意為好得不得了）。常去吃，這家人現在還在，而且變成連鎖性的舖子，開了好幾家。我上次去吃，發現沒有從前那麼好，鴨肉有點硬，但滋味還是好過其他的。「鴨肉扁」和香港鹵水鵝的做法基本相同。

餐廳方面，古龍喜歡去永康街的「秀蘭」，當今開了兩三家，是台北熱門的舖子，做的是改良過的台式滬菜。

古龍偶爾也吃咖哩飯。有一家大排檔的老闆賺了錢就跑舞廳，遇到古龍。古龍去吃的時候老鬧故做神祕狀偷偷一笑，示意彼此守密，但也不會在飯上多澆一勺咖哩。

古龍與酒，與風塵女子

古龍的武俠小說大家看得多，原來他也寫過一些散文。記得有一本《誰來跟我乾杯》由天津的百花文藝出版社出版發行，有根有據，大概不會是盜版吧！

全書分兩個部分。前編的「人在江湖」是隨想，後編的「談武俠小說及其他」是古龍的讀書心得。

散文文字最能洞悉作者的心聲，和小說不同，不能掩飾自己，古龍在一篇叫〈卻讓幽蘭枯萎〉的文章中提到他一生中沒有循規蹈矩地依照正統方式去交過一個女朋友。

他說風塵女子在紅燈綠酒的互映之下總顯得特別美，脾氣當然也沒大小姐那麼火爆，對男人總是比較柔順。

但是，風塵中的女子，心中往往有一種不可告人的悲愴，行動間也常會流露一些對生命的輕蔑，變成對什麼事都不在乎。所作所為，帶著浪子般的俠氣。

古龍形容這一行業的女性，是那麼地貼切，真是服了他。

別人還正常背著書包上學，古龍已經「落拓江湖載酒行」了。

對於本身血液中就流著浪子血液的孩子來說，風塵女子的情懷，正是古龍追求的。

十里洋場之中，更少不了酒。古龍說他開始寫武俠小說就開始賺錢，而一個人如果只能賺錢而不花錢，不如賺得愉快，花得愉快，同樣地，酒也要喝個愉快。

古龍喝酒是一杯杯往喉嚨中倒進去，是名副其實地「倒」。

不經口腔，直入腸胃。這一來當然醉，而大醉之後醒來，通常不在楊柳岸，也沒有曉風殘月，就是感到頭大五六倍。他的頭本來就很大，不必靠酒來幫忙。

蔡志忠

蔡志忠已不必我多介紹，凡是愛書的人，都會涉獵他的作品。

一早，他已洞悉年輕人看漫畫的傾向，以最淺白和易懂的說故事方式，將所有的中國文學巨著改為圖畫，深入人心。

他的作品已在三十一個國家和地區出版，總銷量超過三千萬冊，中國大陸的書迷眾多，杭州市最近還發了一塊地給他，在那裡創立了「巧克力國際動漫」，將電腦動畫輯入手機裡面，隨時下載。

他的記憶力厲害，對我說：「三十幾年前我在日本住下，在東京的邵氏辦公室書架上看到你的書，有一篇關於漢江船夫的散文，那種情景，真令人羨慕，我去了韓國之後，已找不到了。」

臺北的工作室就在一個市中心的大廈裡，住宅在樓上，不太讓人家去，我十多年前來過，記得全屋擠滿佛像。

「現在有多少尊了？」我問。

「三千多。」他笑著說，「我一生畫漫畫賺到的錢，還只有收藏佛像後升值的十分之一。」

客廳牆邊、書架上、書房周圍，甚至臥室裡，都是鋼製的佛像，有些精緻萬分，頭髮一根根，衣服上的刺繡一條條表現出來，美不勝收。

「你睡在哪裡？」我問。

他指著被佛像包圍的三張榻榻米：「遇到地震，佛像掉下，被壓死了，也是一種相當有趣的走法。」

知道我最愛讀《聊齋》，他從書架上拿下一冊，連同新書《漫畫儒家思想》上下冊，在插頁上畫了兩幅畫送我。見他的彩筆都越用越短，刨得像迷你佛像，感覺到他對一切物品的愛惜與珍重。

「最近忙些什麼？」我又問。

「研究物理學。」說完拿出多冊分子和量子的筆記，圖文並茂，看得差點把我嚇倒，肯定這個人不是人，是外星人。

沈宏非

中國國內寫食經的人不少，沈宏非是很出色的一位。他主編《都市畫報》時，曾寄給我閱讀，但總沒機會見面。這次去廣州，先打了一個電話給他。

約在一家叫「流金歲月」的滬菜館，是他建議的。沈宏非在上海長大，來了廣州十多年，講得一口流利的粵語，還是懷念家鄉菜。

地方不錯，開在天河區中信廣場。記得事前友人告訴我：沈宏非是一個胖子，坐在飛機座位上很辛苦，我的腦裡即刻出現相撲手，上洗手間也得假手於人。

沈宏非一出現，略肥罷了，笑嘻嘻像一尊彌勒佛。

對談之中，發現他的觀察力很強，好奇心重，這都是當食評者的條件。一九六二年才出生的他，經歷過困難時期，沒什麼好吃的，如果不具備樂天的遺傳基因，是不行的。

「流金歲月」的各種滬菜齊全，還有蛤蜊蒸蛋，當今香港沒有幾家上海館做得出，上海師傅們都沒試過。

我請沈宏非點菜，因為這家館子他去得熟，結果叫了幾個冷菜都是我喜歡的，像黃泥螺，用啤酒沖過，沒那麼死鹹，很可口。

又有醉蟹和嗆蝦，後者用當歸浸了，與普通嗆蝦不同。這三種生東西吃得津津有味，再多叫一碟，老闆娘笑著問：「吃多少碟為止？」

我也笑著回答：「吃到拉肚子為止。」

沈宏非大表贊同。

我們談起上海的餐廳，說到包子，大家意見一致，是淮海路上那家最好。

這一生遇到不少好吃的人，懂得吃的人，沒有一個不說肉類之中羊肉最佳，他也是。

沈宏非還說：「有些人說羊肉做得好的話一點也不羶，這簡直是放屁。」

大家笑成一團。

村上春樹

很慚愧，被現代年輕人捧上天的日本作家村上春樹的書，我之前一本也沒有看過。

有時候和外國文學青年談東方的書，他們也常大喊Haruki、Haruki（「春樹」的日語發音），以為春樹是姓，不會叫出Murakami（「村上」的日語發音）來。

臺灣讀者更是對這位作家情有獨鍾，他的新書一出往往即刻登上暢銷榜，作品至今已翻譯了四十二本。一九八七年出版的《挪威的森林》，在日本賣了七百萬冊，奠定村上不墮的聲譽，當年買了這本書，放在架上，一直到現在生病，才肯拿下來翻翻，一口氣看完。

故事發生在東京和京都的一個療養院，與歐洲一點關係也沒有，書名只是男女主角常聽的一首輕古典音樂名字。

和許多剛出道的作者一樣，最初出版的書，都可以看出自傳性的影子。當然，讀者知道，是把真實加上虛構罷了。

這些年輕作者，古典文學根基不強，都以看了《麥田捕手》為傲。村上更受美國的費茲傑羅的影響，書中不斷提到他的《大亨小傳》。費茲傑羅的作品不多，如果是海明威，也許更有深度。費茲傑羅在嚴肅文學中並不偉大，流行小說裡，已覺老土。

當然，性愛的描寫在一九八七年可以說是大膽。和女主角的，多數是口交，真正的只有一次。女配角的同性戀描述也加了進去，最後又和她大戰三百回合。

故事鬆散，並不完整，也沒有結局。女主角患有精神病，若要看同類的角色，德國雷馬克的小說更為可觀。

沒性愛的話，看亦舒小說好了。要看生動有趣，或者講憂鬱的，看老一輩的日本作家森鷗外、川端康成、谷崎潤一郎、佐藤春夫和太宰治等人的作品，才真正算得上一本小說。村上的，一本都嫌多了。

成龍

我們在南斯拉夫拍《龍兄虎弟》的外景，已經拍了三個星期的戲，中間，成龍必須去東京宣傳要上映的《龍的心》，他一去五天，我們只好拍沒有他的戲，一回來即刻要上陣，五天裡，坐飛機來回已花去四十八個小時，這趟在日本時晝夜有記者招待會，夠他辛苦。

精力過剩的他，不要求休息，當天拍了一些特寫之後，接著便是難度很高的鏡頭。

外景地離市中心四十分鐘，是座廢墟。兩堵牆中間隔著一株樹，戲裡要成龍從這邊的牆跳出去，抓到樹枝，一個翻身，飛躍到對面的牆上。

由樹枝到地面，有十五公尺那麼高，地上布滿大石頭。為了拍出高度，不能鋪紙箱或榻榻米。

「行不行？」工作人員問。

「行。」成龍回答得堅決。

更高的都略過，《A計劃》等其他戲裡的壓軸場面比這更危險，成龍自己認為有把握做得出。

攝影機開動，成龍衝上前，抓到樹枝，翻到對面，一切按照預料的拍完。南斯拉夫工作人員鼓掌叫好，但是成龍不滿意，用他們的術語是動作「流」了，一舉一動沒有看得清清楚楚。

「再來一個。」

第二次拍攝過程一樣，動作進步了，已經很清楚，而且姿勢優美，大家認為能夠收貨。

成龍的意見是，看準了目標略過去，像是為了做戲而做戲，劇情是被土人追殺，走投無路，慌忙中見到那棵樹而出此策，所以最好是接他回頭看土人已追到，再跳上樹才更有真實感。

照他的意思拍第三次，一跳出去，剎那間，大家看到他抓不到樹枝，往深處直落地掉了下去。

大概是成龍的本能吧。明明是頭部朝下的，後來我們一格格地看毛片，成龍掉下去的時候還在翻身，結果變成背著地。

傳來很重的「咔嚓」一聲，心中大喊不好。

成龍的老父也在現場，他心急衝上前想看兒子的狀況，要不是被南斯拉夫工作人員拉住，差點也跟著摔下去。

爬下圍牆的時候，只求成龍沒事，他已經摔過那麼多次都安然無恙。衝上前看到成龍時，才知道事情的嚴重性。

成龍的身體並沒有皮外傷，但是血，像水喉（指水龍頭）一樣從耳朵流出來。他的頭下面是塊大石。

大家七手八腳地用最順手的布塊為他止血。現場有個醫生跟場，他跑過來遞上一片大棉花掩住成龍的耳朵。

「怎麼樣了？」成龍並沒有暈迷，冷靜地問道。

「沒事沒事，擦傷了耳朵。」化妝師阿碧哄著。

「痛嗎？痛嗎？」成龍的爸爸急得不知說什麼好。

成龍搖搖頭，血流得更多。

擔架抬了過來，武師們把成龍搬上去：「千萬要清醒，不能睡覺。」

十幾個人抬他到車上，這條山路很狹窄，吉普車才能爬上來，經十分鐘才行上大路。

在崎嶇的山路上顛簸之中，血又流了，棉花一塊浸溼了又換一塊，成龍的爸爸擔心得直向他另一邊的臉頰親吻。

上另一輛快車，直奔醫院，但是最近的也要半小時才能抵達，成龍一直保持清醒，事後他告訴我們頭很暈、很痛、很想嘔吐，還是強忍下來。

終於到醫院，這段路好像走了半生。一看這醫院，怎麼這樣簡陋和破舊。

衝進急救室，醫生一連打了四針預防破傷風的藥，再為成龍止血，可是血是由腦部外溢，怎麼止得了。

「不行，一定要換腦科醫院。」醫生下了決定。

又經過一場奔波，到達時發覺這家腦科醫院比上一家更殘舊。

心中馬上起了疙瘩。

過了一陣子，醫生趕到，是一個外形猥瑣的老者，滿頭零亂的白髮，那件白色的醫袍看得出不是天天換的。

他推成龍進掃描X光室，拍了數十張片子。

經紀人陳自強趁這個時候與香港聯絡，鄒文懷和何冠昌兩位得到報告，馬上打電話找歐洲最好的腦科醫生。

醫院的裝置和它的外表不同，許多機器都是先進的。X光片出來後，醫生們已組成一個團體，共同研究。

「病人的腦部有個四英吋長的裂痕。」醫生以標準的英語告訴我們。

「流了那麼多血有沒有危險？」陳自強問。

「好在是由耳朵流出來。」醫生回答，「要不然積在腦部，病人一定昏迷。」

「現在應該怎麼辦？」

「馬上開刀。」老醫生說，「病人的頭顱骨有一片已經插上腦部。」

一聽到要在這山旮旯地方動手術，大家更擔心起來。

「不開刀的話，血積在耳朵裡，病人可能會耳聾，這還是小事，萬一碎骨磨擦到腦，就太遲了。」那猥瑣醫生說。

猶豫不決，要得到成龍爸爸的許可，醫生才能進行，怎麼辦？

怎麼辦？開刀的話，一點信心也沒有，手術動得不好那不是更糟？

長途電話來了，現在移轉成龍去別的地方已來不及，由巴黎的國際健康組織介紹了南斯拉夫最出名的彼得遜醫生開刀，必定沒錯。

「我們要由彼得遜醫生動手術！」人家激動地喊，「快請彼得遜醫生來，彼得遜醫生到底在哪裡？怎樣才能找到他？」

其貌不揚的猥瑣老頭微笑地對我們道：「別緊張，我就是彼得遜醫生。」

成龍的父親在證書上簽了字。

彼得遜醫生安慰道：「請不用擔心，這個手術說起來比碎了手骨腳骨更簡單，問題是動在腦部，你們以為更嚴重罷了。」

說完，他把菸蒂摁熄，帶領一群麻醉師、護士和兩個助理醫生走入手術室。

一個鐘頭，過得像爬一般慢，開這麼久的刀，醫生還說不嚴重。

手術室外有個小房間，幾名輔助護士在等待，有必要用到她們的時候她們才進去。南斯拉夫人都是大菸蟲，這幾個女人大抽特抽，弄得整個小房間煙霧朦朧。

門打開，彼得遜醫生走出來。

我們以為手術已完成，想上前去詢問，豈知他向我們做一個等一下的手勢，向護士們討了一根菸，點火後猛吸不停，抽完後才又回手術室去。

天哪！天下哪有這樣的醫生，要不是說他是名醫，我們早就嚇破了膽。

好歹再過了一小時，整隊醫務人員才走出來。

「情況怎樣，醫生？」陳自強問。

彼得遜搖搖頭，大家都嚇呆了。

「我從來沒有看過這樣一個病人。」彼得遜點了菸說道，「從他進院，照X光到動手術，血壓保持固定，沒有降過，真是超人，真是超人。」

「危險期度過了嗎？」陳自強大聲地問。

「度過。不過要觀察一段時間，看有沒有後遺症。」

大家都鬆了一口氣。

彼得遜又猛吸菸：「你們在這裡也沒用。回去吧，病人要明天才醒。不用擔心，保管他十天以後像新的一樣。」

護士把成龍推出來，我們看到他安詳地睡著，像個嬰兒。

病房是六個人一間的，環境實在太惡劣，陳自強吵著要換單人房，出多少錢也不要緊。

彼得遜又搖頭擺首：「緊急病房大家共用，不是為錢，為的是人道主義。」

彼得遜嘴上是那麼講，但是第二天終於把成龍換到一個兩人的房間。裡面什麼急救機器都齊全，以防萬一，我們看這個情形，也不能再要求成龍住一間私人病房了。

護士們一面抽菸，一面嘖嘖稱奇，我們去看成龍的時候，她們說：「這位病人醒來還能吃早餐，而且胃口奇好，普通人現在只吐黃水。」

這一天，醫生只讓我們幾個人看他，進入病房時要穿上特別的袍子，見成龍躺在床上，他爸爸又去親他。他與我們握手，沒有多說話，昏昏地入睡。

第三天，他開始頭痛，這是必然的現象，醫生說完，叫護士為他打止痛針。

每一次打針，成龍都感到比頭痛更痛苦，這個人什麼都能忍受，就是討厭打針。

有八個護士輪流地照顧著他，其中有一個特別溫柔，打起針來也是她打得最不痛。可惜這個護士很醜。她有一個大鼻子，可能是這一點使成龍能夠認同。

已經可以說笑話了，成龍說都不辛苦，最難受的是醒來的時候，發現有兩根管子，一根插入尿道，另一根在後面，一動就痛得死去活來。後來不用，拔出來時更是殺豬一般慘。

阿倫來看他，護士叫他在外面等，阿倫一邊等一邊吹口哨，是戲裡兩人建立感情的友誼之歌《朋友》。成龍在裡面聽到，便跟著把歌哼出來。

香港方面起初以為這是小傷，因為傳說成龍已經能夠又唱歌又跳舞了，這是錯誤的消息，因為當時醫生還不知他治好之後會不會變成白痴。

過了一星期，彼得遜見他恢復得快，便為他拆了線，是分兩次進行，先拆一半，停一天，才再拆一半。縫了多少針，大家都不敢問。

「可以出院了。」彼得遜說，「相信飯店環境比這裡更好。」

傷了這麼久才發消息，是因為不想驚動成龍在澳洲的老母親。

我們三個星期後繼續拍攝，不影響戲的品質，上次失敗的鏡頭，還要再來過。

成龍說。

黑澤明

黑澤明的電影，很適合外國人看，將之改編為西片的有《羅生門》和《七武士》等，後者的大俠鋤奸扶弱題材，更成為電影電視劇本的主要公式，變幻出數不盡的片子影集。

外國人改他的東西，他改外國人的戲。《蜘蛛巢城》就是來自莎士比亞的《馬克白》。片中有一場用箭射死男主角的戲，他叫了全國的神箭手到片場，射出真傢伙。三船敏郎雖然穿著防身甲，但臉部不能遮掩，把他嚇得流尿，可見導演對戲的要求，拍出來果然有魄力。工作人員叫他「天皇」。

不過，日本人似乎不太欣賞黑澤明，可能是因為他的國際味道重。當年在日本，遇到純日本化的巨匠溝口健二去世，讀《朝日新聞》，有一段「黑澤明死了，我們還有第二個，失去溝口，再也找不回來」的報導。黑澤明聽了該多傷心。

黑澤明常淡淡地說：「我並非什麼完美主義者，只想拍對得起觀眾的電影。」

《惡人睡得更安寧》，片中的男主角很像哈姆雷特，他是一個有野心的青年，為了報父仇，不惜與身為敵人的大企業家為伍，並娶了他跛腳的女兒，藉此勢力，他將仇人一個個消滅。他唯一的缺點是對妻子產生了真正的感情，正當他要殺死企業家的時候，他的妻子為了救父而出賣了他，結果他死在企業家手中。他孤零零的老婆，不但腳殘廢，連內心也殘廢了。

在片中，惡人獲得最後的勝利，好人的死亡是因為他還對人類有感情、有愛。黑澤明的藝術造就便是動人地把這反面的悲劇概念告訴觀眾。不過，這太難以被一般人接受，他只有用娛樂性豐富的手法和技巧去推銷。

高寶書版集團
gobooks.com.tw

高寶文學 051

我喜歡人生快活的樣子

作　　者　蔡瀾
特約編輯　林婉君
助理編輯　陳柔含
封面設計　林政嘉
內頁排版　賴姵均
企　　劃　何嘉雯

發 行 人　朱凱蕾
出　　版　英屬維京群島商高寶國際有限公司台灣分公司
　　　　　Global Group Holdings, Ltd.
地　　址　台北市內湖區洲子街 88 號 3 樓
網　　址　gobooks.com.tw
電　　話　(02) 27992788
電　　郵　readers@gobooks.com.tw（讀者服務部）
　　　　　pr@gobooks.com.tw（公關諮詢部）
傳　　真　出版部　(02) 27990909　行銷部 (02) 27993088
郵政劃撥　19394552
戶　　名　英屬維京群島商高寶國際有限公司台灣分公司
發　　行　英屬維京群島商高寶國際有限公司台灣分公司
初版日期　2020 年 8 月

國家圖書館出版品預行編目（CIP）資料

我喜歡人生快活的樣子 / 蔡瀾作 . -- 初版 . -- 臺北市：
高寶國際出版：高寶國際發行，
2020.08
　面；　公分 . --（高寶文學：051）
ISBN 978-986-361-892-8（平裝）

855　　　　109010463